Seyit Soydan

YOLLAR

Öykü

Doğa Basın Yayın
Dağıtım Ticaret Limited Şirketi
Eskişehir Mah. Dolapdere Cad.
Karabatak Sok. No: 27A
Şişli / İstanbul
Tel: 0212 247 65 17 (pbx)
Faks: 0212 247 24 61
web: www.evrenselbasim.com
e.posta: bilgi@evrenselbasim.com

Evrensel Basım Yayın - 377

Yollar
Seyit Soydan

Genel Kapak Tasarım
Savaş Çekiç

Kapak Uygulama
Bahar Eroğlu

Birinci Basım: Mayıs 2009

ISBN 978-605-4156-12-2

Sertifika No: 11015

Baskı
Ezgi Matbaası
Sanayi Caddesi Altay Sokak No: 10 Çobançeşme -Yenibosna / İSTANBUL
Tel: 0212 452 23 02 - 654 94 18 e-posta: ezgimatbaa@mynet.com

YOLLAR

İÇİNDEKİLER

Aşk bir reyhan çiçeğidir, koklarsın uçar gider.
Koklamaya doyamadığım, Reyhan'a

UMUT

Dost elinden bade içmiş deliyim
Üstü kan köpüklü meşe seliyim
Ben bir yol oğluyum, yol sefiliyim

Pir Sultan Abdal

KIR AT

Kar beyazı bir at çıkar karşıma. Gecedir. Dağların kuytusunda ıssız bir köy. Doğa tekmil beyaza kesmiş. Kar damların boyunu aşmakta. Köy kara gömülmüş. Teslim olmuş ayaza.

Hayat, odunu kömürü olan evlerde odalarda, olmayanlarda ahırda, hayvanlarla iç içe, onların sıcaklığıyla ısınarak sürmekte. Yakacaklarımız çoktan tükenmiş. Ahırın bir bölümü süpürülüp temizlenmiş, yataklar serilmiş. Ev halkı uyumakta.

Kır at toynaklarıyla toprağı döver. Gecenin içinde ay ışığı gibi yanar gözleri. Sağrısı yanar. Heybetli. Küheylan! Sessizce yatağımdan çıkar, usulca sokulurum yanına. Soluğu yüzümü yakar. Kokumdan tanır beni. Tatlı bir dille kişner. Güçlü bedenini, yumuşak karnını okşarım. Tüyleri ipeksi, yelesi kız saçı gibi dalgalı ve uzun. Başımı tüylü yelesinin içine gömer, boynuna sarılırım. Çocuk yalnızlığımda, o benim has arkadaşımdır. Onunla dertleşirim. O anlar beni. Geceleri yıllardır görmediğim, hasretle özlediğim eski bir dosta sarılır gibi kucaklarım onu. Ebemin dayaklarını, dedemin yokluğunu, babamın uzaklığını, annemin hastalıklarını hep onunla paylaşırım. Beni anladığını gözlerinden okurum. Ambardan çaldığım buğdaylarla, bakkaldan aldığım lokum ve üzümleri gizlice yediririm. Avuçlarımı, yüzümü yalar. Sevinirim. Gecenin içinde usul usul dertleşiriz. Sonra huzurla dönerim yatağıma.

Araya ayrılık girer. Gurbetlik. Hasret. Kır at hiçbir zaman terk etmez beni. Soğuk gecekondularda soluğuyla ısıtır gecelerimi. Karanlığın içinde gözleri acılı, sorgulayıcıdır:

"Neden sattınız beni? Biz arkadaş değil miydik?" Sorusunu yanıtlayamam. Kollarım düşer. Bakakalırım. Çaresiz. Ayrılık acısı benim de yüreğimi yakar. Babam, "Çocukların aklı ermez büyüklerin işine" der. Benim aklım hasretliğe dayanamaz, isyan eder! Geceleri iyice sokulurum dostuma. Boynunu, kulaklarını, yüzünü öpücüğe boğarım. Birkaç damla yaş süzülür gözlerinden. Ben sağanak halinde boşalırım. Gözyaşlarımız kavuşur. Beni sevindirmek için başını vakur bir edayla diker. Toynakları toprağı döver. Ön ayaklarıyla şaha kalkar. Üzüntüm dağılır. Hayranlıkla onu seyre dalarım. Beni bağışladığını anlarım. Vicdan azabım hafifler biraz. Yeniden boynunu, kulağını öper, kuru üzümle beslerim onu. Sözcükleri kulağına fısıldarım: "Bu şehri hiç sevmedim ben. Köyümü, dağlarımı özlüyorum." O, sır tutan sadık bir dost gibi dinler beni. Yularını çözer, sessizce avluya çıkartırım. Dibek taşının üstünden sıçrayarak sırtına binerim. O an karanlıkta fark ederim ay ışığının da yoldaşımız olduğunu. Yumuşak bir örtü serer üzerimize, bir ana gibi. Kır at, gecenin cinlerinden, perilerinden de korur beni. Başımı yumuşak yelesine gömerek, rüzgârın türküsünü dinlerim.

Bacaklarım sıcak bedenine sarılırken, müthiş bir güven duygusu kaplar içimi. Bir dostun sıcaklığını hissederim. Büyük şehir de artık korkutamaz beni. Yalnız olmamak ne güzeldir bu yaban ellerde. Kollarımı boynuna dolayarak, toprağın tandır ekmeği gibi sıcak buğusunu, kuşların cıvıltısını, derenin nazlı bir ceylan gibi akışını, yaprakların hışırtısını dinlerim. Kır atımın kulağına sevgi sözcükleri fısıldarım. Bu mutluluk anı, bu sonsuzluk duygusu hiç bitmesin isterim.

Birlikte bulutların üzerine çıkarız. Şafak sökmeye başlarken derin, soluksuz bir uykuya teslim olurum.

Ta ki fabrikanın kampanaya, acı siren sesine benzeyen düdüğü düşlerimi yırtana kadar...

Nisan 2005, Okmeydanı

KAN KARDEŞİM

ADA

Güneş bir ışık huzmesi halinde parıltıyla giriyor ormanın içine. Yapraklar dallarda ışıldıyor. Büyükada'nın arka sırtlarındayız. Kan kardeşim ve ben. Ormanın serinliği tenimizi ürpertiyor. Adanın tepesinde ormanın içinde bulunan ahıra eşekleri bağlayıp yemlerini verdikten sonra işimiz bitiyor. Köpek havlamaları ve martı çığlıkları eşliğinde çalıları ve çam ağaçlarını geçerek ormanda yürüyoruz.

Akşam olmasına rağmen, hava günlük güneşlik, ormanın içinden ışığı gözlerimizi kamaştıran denize doğru koşuyoruz. Bir an manzara soluğumuzu kesiyor. Deniz sakin. Dalgalar minicik kıpırtılar halinde oynaşıyor. Gemiler ve balıkçı tekneleri, kâğıttan kayıklar gibi görünüyor uzaktan. Sonra ağaç dallarına tutunarak dar bir yamaçtan aşağı iniyoruz. Denize doğru yuvarlanan taş ve toprak parçalarıyla birlikte kıyıdayız.

Kan kardeşim güneşle her karşılaşmasında olduğu gibi gözlerini kırpıştırıyor. Güneş gözünü alıyor. Sarışın ve yeşil gözlü olduğu için ona Bozo diyorum.

Plajlardan uzak sakin bir koy burası. Ormandan gelen kuş cıvıltıları ve denizin kayaları okşayan sesi huzur veriyor. Giysilerimizi çakıl taşlarının üzerine çıkartıp bir süre hiç konuşmadan denizin, ormanın, kuşların ve geçen gemilerin sesini dinliyoruz. Ben denizin içindeki yosun kaplamış irili ufaklı kayaları, kayalara tüneyen ve alçalıp yükselerek denize dalan martıları seyrediyorum.

Bozo yüksek bir kayadan balıklama atlıyor suya. Uzun süre dipten gittiği için onu takip edemiyorum. Kıyıdan oldukça uzakta denizin içinde bir nokta halinde el sallıyor. Kocaman bir kayanın üzerine çıkınca görüyorum ancak onu. Yanından yöresinden balıkçı tekneleri geçiyor. Bir balık kadar rahat ve güvenli denizin içinde, "Munzur'un deli sularında öğrendim ben yüzmeyi" diyor, "denizde yüzmek çocuk oyuncağı kalır."

İstanbul'un karmaşasından, evdeki sorunlardan uzakta, huzurluyum. Bozo'nun yanında garip bir güven duygusu kaplıyor içimi. O yanımdayken ölüm yok sanki bana. Rahatım. Burada ne babamın dayakları var ne annemin ağıtları... Hafta başında gidip üç beş kuruş verince babam da ses çıkartmıyor artık. Para gelsin, kahveye gidip kâğıt oynasın, onun başka dünyası yok. Okulu bıraktığıma da söylenmiyor artık. Hayatımda ilk kez yaşamak buymuş anasını satayım diyorum kendime. Meğer ne kadar çok yüküm varmış dünyada.

Bozo uzaktan el sallıyor. Yanına çağırıyor beni. Benim yüreğim küt küt atıyor. Korkuyorum. İyi yüzme bilmiyorum ama yiğitliğe bok sürmek de bize yakışmaz. Boğulursam kan kardeşimin beni kurtaracağına duyduğum güvenle bırakıyorum kendimi dalgalara. Yalnız olsam ayağım yerden kesildiği an korkarım. Daha ileriye gidemem. Deniz sığ, henüz boyumu geçmiyor, yoruldukça dinleniyorum. Zor bela yanına yaklaşıyorum.

Kan kardeşimin yanında bütün gücümü kollarımda toplayarak cılız kulaçlar atmaya çabalıyorum. O kolluyor beni. Yüzmeyi öğrenmem için beni yalnız bırakıyor. Birçok kez dibe dalmama, su yutmama rağmen inatla direniyorum. Belimden tutarak dengede kalmama yardımcı oluyor. Yorulunca sırt üstü yüzmeyi öğretiyor. Zor oluyor. Dengede duramıyorum. Gücüm kesildiğinde ayaklarımı yere değdirerek dinlenmek istiyorum. Adanın bu kıyıları kayalık ve yosunla dolu. Kaya dipleri midye kaynıyor. Ayaklarım kayalara çarpıyor, yosunlar ayakta durmamı engelliyor. Boyuna su yutuyorum. Güçlü bir el suyun derinliklerden ışığa çıkarıyor beni her seferinde. Sıkıntılardan uzakta ve kaygısızım. Serin su günün yorgunluğunu da alıp götürüyor. Kayanın üzerine uzanıp tadını çıkartıyorum güneşin ve denizin. Ölüm yok artık bize.

Kumsala çıktığımızda ayakta duramıyorum. Mideme dolan tuzlu suyu boşaltmaya çalışıyorum. Ayaklarım midye kesikleriyle dolu. Kanıyor. Adanın güneyinden esen bir yel titretiyor beni. Üşüyorum. Onun bedeni sanki ateş içinde. Sahil boyunca durmadan koşuyor. Neşe içinde geriniyor. Benim çiroz halime göre o, oldukça sağlıklı. Acı içindeyim. Üşümüş bir halde ayaklarımdan ince ince sızan kanlara bakıyorum. Vurgun yemiş bir balıkçı kadar yorgun ve halsizim. Bana bakıp gülümsüyor. "Dert midir bıra" diyor, "sen yiğit adamsın, biraz koş hiçbir şeyin kalmaz. Hem kan durur hem ısınırsın."

O konuşurken garip bir güven duygusu sarıveriyor içimi. Ben de gerinip koşmaya başlıyorum. Koşarsam ısınırım.

"Dert midir bıra" en çok kullandığı sözcüktür. "Alışacaksın. Bugün daha iyisin. Korka korka öğreneceksin. Korkularımızın üzerine gitmezsek kendimizi aşamayız. Okuldaki kavgayı hatırlasana, tek başına bir sürü adama kafa tutmuştun. Öyle gözüme girdin ki o gün, bak (gözlerini gösteriyor) çıkmıyorsun. Dikkat et. Denizden çıkınca üşürsün. Bir de su yuttun mu sersem sepet olursun. Isınmak için koşmalısın. Kan birazdan durur, takma kafanı. Bu kadar şey acı mıdır ki? Koş, koş, haydi. Ada bizi bekliyor. İntikamımızı alalım midyelerden!"

Bunu söyler söylemez tempolu bir hızla ardına bakmadan yeniden koşmaya başlıyor.

Soğuğunu giderek artıran akşam yeline karşı titreyerek ona yetişmeye çalışıyorum. Güneş karşıda Dragos sırtlarında tatlı bir kızıllık içinde batmaya hazırlanıyor. Bir süre sonra kanı ve acıyı unutuyorum. Oyuna dönüşüyor koşumuz. Kızgın yağda pişirilen midyelerden bol bol yiyerek alıyoruz intikamımızı. Ayaklarımdaki acının dindiğini, kanın kesildiğini hissediyorum.

Biri sarışın diğeri esmer iki köylü çocuğunun yüksek sesle gülmelerini, şakalaşmalarını sessiz bir öfkeyle karşılıyor ada sakinleri. Tepeden bakan bir efendi edasıyla.

Gerçek birer İstanbul beyefendisi, hanımefendisi onlar. Anlayışlı. Kibar. Nazik. Tıpkı okulda üzerime çullanan hanım evlatları gibi.

Hep dalgın yürürüm, küçükten beri. Düşünür dururum. Kafama o kadar çok şey takarım ki, düşünürken bazen unuturum neyi taktığımı. Ama o kadar çok sorunum var ki! Nasıl takmayayım. Okul başlar baba elbise dersin, "idare et eskilerle", ayakkabı dersin, altı su alıyor "yaptır git", okula gideceğim harçlık dersin "git çalış ulan". Ben okuyacak mıyım çalışacak mıyım? Bunalırım. Otobüse binecek, okula gidecek para yok, öğlen yemek yiyecek para yok. Öğle arası zengin bebeleri lokantalarda, büfe önünde tıkınırken ben sınıfta anamın zorla çantama tıkıştırdığı bir parça peynir ekmeği yerim, utana sıkıla. Çay içecek param da yok. Kimseye de yaklaşıp halimi anlatamam. Bu okul, dersler çok ağır geliyor bana. Ve de anlamsız. Tartışıp duruyorum öğretmenlerle. Onlar da kızıyor bana. Anarşistmişim. Okuldakilerin çoğunluğunun durumu iyi, zengin aile çocukları, okul sonrasında kız arkadaşlarıyla parklara, muhallebicilere gidiyorlar. Benim yürümem gereken daha bir dünya yolum var. Nasıl dalgın olmam ki!

"Önüne baksana ulan kıro!"

Bana seslendiklerini duymamıştım. Meğer birkaç kez bağırmışlar. Beyefendiler basket oynuyormuş. Ne işim varmış onların sahasında. (Okulun bahçesinde bazı günler top oynanırdı. Ben bahçeden geçerek kapıya gidiyordum. Eve kadar uzun bir yolum vardı yürümem gereken.) Kafamı kaldırdığımda çam yarması üç çocuk tepemde bana söylenip duruyordu. En çok kıro lafı dokundu. Birden tepemin tası attı. "Kıro senin babandır ulan!" Sen misin ulan diyen? Dağdan gelip bağdakini kovuyormuşum. Hepsi birden çullandı üzerime. Ben altta kalır mıyım? Tuttuğuma yapıştırdım tabii. Eee, çocukken az güreş tutmadık çayırlarda. Birkaçının ağzı burnu kanadı. Beni de fena dövüyorlar ama acıyı falan gözüm görmüyor, alttan ha bire vuruyorum, gözüm kararmış. Birden tepemdekilerin dağıldığını, birinin beni dövenlere yumruk salladığını fark ettim. Güçlü kuvvetli biriydi ve iyi benzetiyordu veletleri. Çabuk pes ettiler zaten. Onlar idareye bizi şikâyete koşarken ağız burunları çarşamba çanağına dönmüştü çoktan. Bozo tanıştığımız o gün suç ortağım da olmuştu. İkimiz de idarede bir güzel haşlanıp azarlandıktan sonra okuldan geçici uzaklaştırma cezası aldık. O gün Maçka parkında, akan kanlarımıza bir kesik daha ekleyip kan kardeşi olduk.

O da benim gibi uzaklardan gelmişti. Dağlardan.

Bir süre sonra okul dışında da bize sataşmalar, önümüzü kesmeler arttı, birkaç kez temiz dayak yedik. Bizim gibi kıroların onların temiz okulunu kirletmeye hakkı yokmuş. Artık yanımızda sustalı taşımaya başlamıştık, onlar da yakalandı üzerimizde. Yine biz suçlu bulunduk. Bir süre sonra da temelli ayrılmak zorunda kaldık okuldan.

KAÇAK

Kan kardeşim kaçak gelmiş İstanbul'a. Bunu çok sonra öğrendim. Hem okuyup hem çalışmak zorunda olduğundan okuldan ilk o ayrıldı. O, adadaki bu işi bulduktan sonra ben de ayrıldım. Artık dünyalar ikimizin. Adalıların bize tepeden burun kıvırmalarına bile aldırmıyoruz. Biz herkesin, her şeyin üzerindeyiz.

Uzun süre sahilde koşuyor, kıyıya vuran dalgalarla oynaşıyoruz. Denizde taş sektiriyoruz. Geçen gemilere, filikalara el sallıyoruz. Yüreklerimiz kocaman. Kimsenin bizi ezmesine izin vermeyeceğiz. Burada dünyanın hâkimi biziz.

Kumların üzerine bağdaş kurup oturuyor, güneşin kırmızının sarının envai tonlarına bürünerek denizin üzerinde batışını seyrediyoruz her akşam. Sabahları gün doğarken uyanıp ormanda koşuyoruz. Hava kararmaya yüz tutunca işimiz bitiyor.

Gece yarısına doğru şarkılar, türküler söyleyerek çıkıyoruz ormandaki kulübemize giden yokuşu. Ada halkı başka bir âlemi yaşıyor. Restoran ve müzikhollerden gelen ud ve keman taksimlerine gitar ve buzuki sesleri karışıyor. Rumca yükselen nağmeler, sirtaki oyunları, kırılan tabaklar, arabesk bir şarkının hüzünlü havasıyla buluşuyor. Konak ve yalılarda dans, eğlence ve şatafat bilmediğimiz büyülü bir dünyaya ait. Bize dudak büken, tepeden bakan bu dünyadan çok uzaklarda biz de kendi âlemimize, hayallerimize dalıyoruz.

Kan kardeşim ve ben gündüzleri turistleri eşeklere bindirip adayı gezdiriyoruz. Herhangi bir çılgınlığı önlemek için eşeklerin yuları elimizde, her an tetikte dolaşıyoruz. Eşeklerin bakımından biz sorumluyuz. Bozo geceleri hüzünleniyor, ana dili Kürtçeyle yanık ezgiler söylüyor. Anlamını soruyorum, o anlatıyor. İçime çok dokunuyor türkülerin sözleri. Oysa ben neşeli havaları severim.

Köydeki ninesi için memleketine para gönderiyor postaneden.

Adadaki işimiz sezonluk. Okullar açılınca ada sakinleşiyor. Biz de şehre inip iş bakacağız artık. Okul için gizliden para biriktiriyorum ben de. Belki yatılı bir öğretmen okuluna girerim. Hangi işe girsek sonu yok. Bir hayal, umut benimkisi, olsun yine de umut umuttur.

Yorucu da olsa bir oyun gibi eğlenceli işimiz. Bazen çok korkanlar oluyor, hayatında hiç eşek görmemiş olanlar çıkıyor. Biz kan ter içinde kalıyoruz onları gezdirirken. Akşamları, bazen de geceleri denize girerek serinliyoruz. Ahırın yanındaki kulübede saman yatakların üzerinde uyukluyoruz. Çoğunlukla da çimenlerin üzerinde, yıldızların altında, ben durmadan takılıyorum ona. Turist kızların onu çok beğendiğini söylüyorum. Yüzü kızarıyor. Aslında onu kıskanıyorum. O yakışıklı. Bedeni güçlü ve yapılı, "Eşeğe bindirirken kızın bacaklarını okşadığını gördüm" diyorum. Yalan. Hayatta yapmaz. "Senin kalbin fesat" diyor, yüzü alı al moru mor bir hal alıyor. Üsteliyorum. Bu tür şakaları kaldırmadığını bile bile damarına basmak hoşuma gidiyor, gamını dağıtmak için her sözünü gargaraya getirip şakaya vurarak onu güldürüyorum.

Geceleri ormanın türküsünü dinliyoruz. Orman da, bizim serin yaylalardan, derin dağ koyaklarından koynumuzda sakladığımız ezgilerimize kulak veriyor. Kuş cıvıltıları içinde ay ışığını seyrediyoruz. Denizin fosforlu ışıltısını, yakamozları, gece geçen gemilerin ışıklarını, ormanın serinliğini, sessizliğini, cümle canlıların uykuya yatışını...

Türlü hayaller düşler görüyoruz. Ben öğretmen olacağım. Bozo başka hayallerin peşinde. Bana durmadan doğduğu köyü, mezrayı anlatıyor. Orada bıraktığı yaşlı ninesini özlüyor. Sesinin titremesinden anlıyorum. Gecenin karanlığını yırtan Kürtçe ezgiler söylüyor. Sözlerini anlamasam da insanın yüreğini parçalayan ezgiler.

Bana dağlarını anlatıyor. Geçit vermeyen sarp kayalıkları, Munzur ormanlarını, derin vadisini, çaylarını, coşkun akan ırmağını. Bir masal gibi anlatıyor. Çağlar öncesine ait sanki anlattığı hikâyeler. "Çok kan döküldü" diyor. Anlamıyorum. Neden kan dökülsün? "Ortalık biraz durulmuştur şimdi" diyor mırıltı halinde. Bir anlam veremiyorum söylediklerine. Biliyorum. Okumakta gözü yok. Bir gece uykusundan kan ter içinde uyandı. Bütün gece, "vurmayın, kurbanınız olayım, yeter" gibi şeyler sayıkladı. Başka bir gece uzun bir ağıdın arkasından türkü söyler gibi, masal anlatır gibi konuşmaya başladı. Yine Munzur'un geçit vermez dağlarını, sarp kayalarını, coşkun ırmaklarını anlatıyordu. Öyle yumuşak, öyle tatlı anlatıyordu ki... Onunla birlikte dalıp gidiyordum bilmediğim diyarlara. Uzağa, çok uzaklara...

MEZRA

Dağların kuytusunda bir mezrada doğmuşum. Babam öldüğünde çok küçükmüşüm. Anam küçük kardeşime hamileyken vurmuşlar babamı. Eşkıyalara kaçak mermi ve silah götürüyormuş. Eşkıya dediğime bakma. Dersim isyanından arta kalanlar, dağlarda yaşıyorlar. Babam yardım edermiş onlara. Ne de olsa dedemin arkadaşları. "Onlar olmasaydı biz çoktan ölmüştük yavrum" der hep ninem. Benim dedem gençliğinde yaman avcıymış. O zamanlar askerler berelerinin üzerine gümüş rengi bir yıldız takarlarmış. Askerler köye gelince dedem köylülerle birlikte kaçıp, yüksek kayaların içinde tepede muhkem bir yere saklanmış. Arkası bir mağara, dedem içinde, önünde dev bir kaya, içinde bir oyuk, sadece tüfeğin ucu dışarıda. Berelerin üzerindeki o yıldızlar güneşte parıldıyor. Dedem de benim gibi güneşe fazla bakamıyor. Gözlerini kırpıyor. Yıldız parlıyor. Gez göz arpacık. Attığını vuruyor. Çok kadın, kız, çoluk çocuk saklanmış mağaralara. Vadiye giremeyince havadan helikopterle bombalıyorlar. Top atışıyla parçalıyorlar kayayı. Dedem orada ölüyor. Mağaralara gaz bırakıyorlar. Zehirli gazdan boğularak ölüyor köylülerin çoğu da. Mağaranın arkasında buldukları dar bir geçitten kaçarak kurtuluyor ninem. Daha emzikli bir gelin. Babam kucağında. Dedemin kahramanlıklarını hep anlatırlar, "çok asker kırdı, canımızı kurtardık sayesinde," derler.

Dedemin arkadaşları sahip çıkmışlar ebeme de. Mağaralarda, dağ koyaklarında, ağaç kovuklarında saklanmışlar. Bütün köyler boşaltılmış, yakılmış. Kızıl bir alev olmuş Munzur, yanmış kavrula kavrula. İsyan bastırılmış. Kan akmış durmadan. Tekmil dağlar, vadiler, dereler ve dahi Munzur suyu kana bulanmış derler. Binlerce köylü Dersim ovasına dizilmiş. Aç susuz perişan. Ferman kesin. Dersimin kökü kurutulacak! Tam umut kesilmişken uzaktan al bir atlı belirmiş. Elinde bir mektup, durun diye bağırıyormuş. Durun öldürmeyin. Kurşuna dizilenler bir çam fidanı gibi devriliyormuş toprağa. Ateş durmuş. Haberci boz atlı Hızır gibi yetişmiş kalanların imdadına. Atatürk, "kalanları bağışladım" diye ferman göndermiş. Kalanlar öldürülmeyecek, sürgüne gönderilecek. Ermeniler gibi. Göç yolları başlamış kalanlara. Ninem dağlarda kalan bir avuç isyancıyla birlikte toprağını terk etmemiş. Dağların kuytusundaki mezramıza boş bir eve yerleşmiş. Babam yıllar yılı yardım etmiş dağdakilere. Onlara ekmek, silah taşımış. Dağdan ovaya inen bir hain onu ele verince jandarmalar yoluna pusu kurup öldürmüşler babamı. O toprağa düştükten sonra *ninem beni de babam gibi yetiştirdi. "Hazırlıklı olmalıyız" derdi hep, "o günler yeniden gelebilir." Babamın ölümünden sonra kardeşleri anamı alıp götürmüşler. "Gencecik bacımızı bu dağ başında çürütemeyiz," demişler. Babam zamanında âşık olup bir obadan kaçırmış anamı. Babamın korkusundan kardeşleri gelemiyorlarmış. Anam küçük kardeşimi, obada baba evinde doğurmuş. Ninem beni bırakmamış "oğlumun yadigârı" diyerek. Anamı görmeye bir kez gittik ninemle. O da severdi gelinini. Obadan başka bir adamla evlenmiş, bir sürü çocuğu olmuştu. Sarıldık, ağladık bir süre. Hiç konuşamadık. "Talihsiz, kara bahtlı gelinim," dedi ninem yalnızca. Anamı görmeme izin vermediler bir daha. Ninem benim yoldaşım, arkadaşım, anam, her şeyim oldu. Kışın dondurucu soğuğuna, dağdan inen çakallara, ayılara, kurtlara, dağlardan ovaya doğru akan çığlara, kar fırtınasına, sellere, yağmura, borana birlikte göğüs gerdik. Birlikte aç susuz kaldık. O beni hiç yalnız bırakmadı. Ben de onu yalnız bırakmayacağım bıra!*

KORKU

Ben bu ellere gönüllü gelmedim bıra, ben de sürgün geldim. Kaçtım geldim. Ninemi bırakmazdım ama o "gitmelisin" dedi bana. "Kalırsan seni de baban gibi vururlar. Dedenin acısına babana sarılarak, babanın acısına da sana sarılarak dayandım. Bu yaşımda senin acına nasıl dayanırım?"

Ninemle mezrada toprağımızı sürüyor, ekinimizi birlikte kaldırıyorduk. Birkaç kıl keçimiz, davarımız bile vardı. Geçinip gidiyorduk. Ben dağları ovaları yararak kasabaya okumaya gidiyordum. Sürgünlerin birçoğu geri dönmüş vatanımız şenlenmişti yine. Dağlarda yeniden eşkıyalar gezer

olmuştu. Bize yazgımızı anlatıyorlardı. Üzülüyorduk. Ben
ninemin ağıtlarından ezberlemiştim geçmişte yaşananları.
Okulda biz de kendi aramızda konuşuyorduk. Durmadan
kitap okuyor, şeceremizi öğrenmeye çalışıyorduk. Büyük
şehirden gizlice gelen devrimci ağabeyler "biz tutuşturmalı-
yız bozkırı" diyordu. "Yeniden dağlara çıkmalıyız." "Kır-
lardan şehirleri kuşatmak!" "Kızıl bir alev gibi dört bir
yanda isyan ateşi yakmak!" Sözlerinin anlamını çözemesek
de büyüleniyorduk, sihirli sözcüklerdi bunlar ve ezgin yü-
reklerimizi coşkuyla dolduruyordu. Onların şehirden gel-
mesiyle dağ taş jandarma, komando doldu. Evler, köyler
basılmaya, yollarda insanlar aranmaya başladı. Yaşlılar,
yeni bir mezalim olmasından çok korkuyordu. "Atatürk ol-
masaydı" diyorlar başka bir şey demiyorlardı. Dört bir ya-
nımızda ihbarcılar türedi. Dağa çıkan gençleri bir mezrada
kıstırıp vurdular. Sayıca çok azdılar zaten. Bize yaslı geçmi-
şimizi ve yaşanacak mutlu günleri anlatan bu güzel insan-
lardan, sağ kalanları da yaralı yakaladılar ve hapishanede
korkunç işkencelerle öldürdüler. Hepimizin isimleri polis,
jandarma kayıtlarına geçti, birçok öğrenci tutuklandı. Ni-
nem okula göndermedi beni. Mezranın uzağında eski bir
mağarada saklandım. Dedemi, babamı tanıyan eşkıyalar
sağ olsun yardım ettiler. Ninem Harput yolunda bir otobü-
se bindirip uğurladı beni. Her gün bir aklım orada benim.
Baba dostlarının yardımı hiç kesilmedi. İstanbul'da bir ote-
le yerleştirdiler, bir gece kulübünde iş buldular. Dayanama-
dım. Kumar oynatıyorlar, beni de gözcü olarak kullanıyor-
lardı. Okula kaydımı da onlar yapmıştı. Okul da yürüme-
di. "Ortalık biraz duruldu" diyor köyden gelenler. Şimdi
eskisi gibi sıkı aramıyorlarmış. Dönmeliyim. Ninemi o ya-
şında sahipsiz bırakamam. Her gece rüyalarımda onu görü-
yorum. O hayatım boyunca yalnız bırakmadı beni. Bir aya-

ğı çukurda yaşlı bir insanı nasıl yalnız bırakırım ben. O beni düşündü, korudu, ben de onu korumalı, yanında olmalıyım. Para göndermekle olmuyor. Kış bastırmadan dönmeliyim yurduma.

Bu şehir, bu ada sıkıyor, boğuyor beni. Dağlarımı özlüyorum. Ninemi, mezrayı, evimizi...

Sen de gelsene benimle.

Boşuna mı kan kardeşi olduk biz?

DAĞ

Vakit yine gece yarısı, dağların eteğinde kurulu bir mezradayız. Üç beş toprak dam ev. Yüzü eski bir harita gibi buruşmuş asker paltolu, dik duruşlu bir komutanı andırıyor Bozo'nun seksenlik ninesi. Gece yarısı ana diliyle sesleniyor bize. Bozo aniden fırlıyor yataktan. Hazırlanıyoruz. Azıklarımız, çantalarımız hazır. Vakit tamamdır. Yola düşüyoruz. Karanlık bir gece, ay kapalı, tek tük yıldızlar göz kırpıyor. Önümü görmekte zorlanıyorum. Kan kardeşim düşmeyeyim diye elimden tutuyor. Çatır çutur sesler geliyor bastığımız yerlerden. Çalılıkların içinden geçiyoruz. Nereye basıyorum, nasıl yürüyorum göremiyorum. Sanki yıldızların arasında bir yürüyüş, Gece bizi koynuna sarmalamış. Gidiyoruz. Dağlardan esen serin rüzgâr içimi üşütüyor. Kan kardeşimin ısısı bütün bedenime ulaşıyor. Ona yetişmeye çalışıyorum. Saatlerce yol alıyoruz. "Uyum sağlamak için alışmalısın," diyor Bozo. Kolay olmuyor alışmak. Güneş olanca ihtişamıyla beliriyor şafak kızıllığının ardından. Müthiş bir heyecan ve yaşama sevinciyle haykırıyorum. Adada olduğu gibi bir kayanın üzerine oturup güneşin doğuşunu izliyoruz. Bir şahmeran güzelliğiyle ovada kıvrılan Munzur ırmağını ve yeşil Munzur vadisini seyrediyoruz.

Doyumsuz bir güzellik, ilk kez özgürlüğümün farkına varıyorum.

Hey Dersim'in dağları. Beni de alın koynunuza ne olur! İlk kez Bozo'yu yalvarırken görüyorum. Çaresiz. İki eliyle başını avuçlayıp bir süre kayanın üzerinde düşünüyor. Ninenin el kol işaretlerinden onun hâlâ arandığını, döndüğünü öğrenirlerse jandarmaların gelip onu götüreceğini anlıyorum.

Eliyle arşa doğru büyüyen karlı dağları gösteriyor kan kardeşim.

"Mağaralara ulaşmalıyız bıra. Bizi orada bulamazlar. Babamın arkadaşlarını bulurum ben ya da onlar bizi bulur bir çıkış yolu gösterirler."

Bu kez dağlara doğru bir yolculuk başlıyor. Taşlar, topraklar yuvarlanıyor ayaklarımızın altından. "Aşağıya bakma" diyor Bozo, "başın döner kayarsın." Bir ara arafta kalıyorum. Altım üstüm kaya, tırmanamıyorum. Denizin dibinden çıkardığı gibi güçlü elleriyle göğe doğru çekiyor beni. Bir yandan da amansız bir türküye başlıyor. Kan kardeşimin şafakta yanık sesiyle söylediği türküyle kırklara karışıyorum ben de. Birden dört bir yanımızın jandarmalar tarafından kuşatıldığını görüyorum. Bozo türküsüne devam ediyor. "Korkma" diyor, "onların kurşunları bize işlemez." Ve karlı dağların altındaki bir çalılığı gösteriyor. "Bak orada bir mağara girişi var. Oraya kadar dayan." "Jandarmalar," diyorum. "Korkuyorum," diyorum. "Korka korka korkmamayı öğreneceksin unuttun mu?" diyor. Jandarmalar ateşe başlıyor. Ortalık bir anda toz dumana karışıyor. Gözüm hiçbir şey seçemiyor. Bir anda jandarmalarla birlikte havada demir kuşların uçtuğunu fark ediyorum. Yere bıraktıkları bombaların toprağı havaya kaldırdığını, taşları parçaladığını görüyorum. Başka bir şey daha görüyorum.

Bozo'nun aradığı eşkıyaların jandarmayla amansız bir çatışmaya girdiğini. Yüzlerini göremiyorum ama onlar olduğunu jandarmaların köşe bucak saklanmalarından anlıyorum.

Gökte eşkıya avına çıkan demir kuşların bıraktığı bir bomba bir anda düşlerimi parçalıyor.

Vurulmuşum. Gökten durmadan bomba yağıyor. Üstüm başım kan içinde, yoksa öldüm mü? Bir uçurumdan aşağıya hızla yuvarlanmaya başlıyorum. Ucu bucağı yok uçurumun. Yanıma yöreme bakınıyorum. Bozo yok. Bozo kayıp. Yalnızım. Korkuyorum. Avazım çıktığı kadar "Bozo, Bozooo" diye bağırıyorum. O da benim gibi öldü mü yoksa? Bu karanlık içinde ben neredeyim?

Kan ter içinde uyandığımda Bozo başucumdaydı.

Adada güneş çoktan yükselmişti.

Mayıs 2005, Beyoğlu

HALAY

Davulun tokmağı sanki kafamda patlıyor. Kapalı mekân korkusunu hâlâ içimden atamadım. Daralıyorum. Ter basıyor her bir yanımı. Uyuz itler gibi kaşınıp duruyorum. Sıkılıyorum. Oysa ne büyük heveslerle koşup geldim buraya. Dostlar bir araya gelecek, bir güzel eğlenecek, kurtlarımızı dökecektik. Lanet olsun. Bu ayak bende hal mi bıraktı. Zor çıktım merdivenleri. Kan ter içinde.

Düğün oldukça kalabalık. Ne çok seveni var Halim ağabeyin... Gelenleri kapıda karşılıyor güleç yüzüyle. Ee, kolay mı genç kız babası olmak? Sarmaş dolaş öpüşüp koklaşıyoruz. Heeheeyt çekesi geliyor insanın. Annem babam görüşe geldiğinde ben de böyle olmaz mıydım? Güller açardı anamın yüzünde. Ben de böyle kanatlanıp halaya durmaz mıydım çift camlara doğru koşarken...

Düğün salonu oldukça büyük. Ortada kocaman bir alan var oynamak için. Köy düğünlerini aratmayacak bir kalabalık var salonda. Yerel giysileri içinde kızlı erkekli bir grup genç halay çekiyor.

İstasyondan mahalleye gelene kadar düğüne biraz geç kalmıştım. Salon girişinde benim gelişimle bir hareketlenme oluyor. İlkin Deniz koşuyor, boynuma sarılıyor. Deniz ne kadar da gençleşmiş, bunlar çocukmuş yahu? Deniz'in peşi sıra Gül Cemal ve Abidin koşuyor. Hepsi de gencecik, fidan gibi delikanlı. Dışarısı yaramış bizimkilere.

"Ne iyi ettin de geldin ağabey. Habibe ablamızı da getirseydin keşke."

"O henüz hazır değil biliyorsunuz," diyorum.

Acı bir poyraz yalıyor yüzümüzü. Gizli bir hüzün çöküyor.

"Biliyoruz," diyorlar, "sen geldin ya ağabey, dünyalar bizim oldu."

"Selen ne güzel bir gelin olmuşsun böyle, beyaz, gonca bir gül gibisin."

Selen sarılıp kucaklıyor "ağır ağabeyi"ni, eşiyle tanıştırıyor. Damat, ince uzun boylu bir genç, esmer bir Kürt delikanlısı, sıcakkanlı, o da çok seviniyor gelişime. Bacımın gönderdiği hediyeyi gelinimize takıyorum. Kendi elleriyle sabırla, aşkla yarattı. Rengârenk doğal taşlardan yapılmış kolyeyi çok beğeniyor Selen. "Elleri dert görmesin ablamın. Tez zamanda iyileşir inşallah."

Damat ve gelini tebrik etmeye gelenlere yer açmak için uzak bir masaya ilişiyorum. Deniz ve Kemal yanıma oturup hal hatır soruyorlar ama bir an nefesim daralıyor, sıkışıyorum. "biraz soluklanayım, siz bana bir su getirin sonra konuşuruz" diye gönderiyorum çocukları. Deniz, koşup bir şişe su getiriyor. "Sen rahatına bak ağabey. Biz buradayız. Dinlenince sen de gel halaya katıl."

Bizim çocuklar düğünde pür neşe eğleniyor. Ne güzel. Bendeki darlık da ne ola? Tansiyonum fırlamış yine. Dinlenirsem düzelir, yolda çok telaş yaptım, yoruldum. Heyecanlandım. Soğuk su iyi geldi. Yüzümü, saçlarımı ıslatıp serinliyorum.

Esmer türkücü "kara kız" inletiyor salonu. İnsanın içine işleyen yanık bir sesi var. Pineklediğim masadan bizim çocukları izliyorum. Yüzünü güneşe dönmüş ayçiçekleri gibi sallanıyor hepsi de. Omuz omuza. Ortada halay çekenler üç sırayı buldu şimdiden. Kara kız halaya ara vermek için yanık sesiyle bir uzun havaya başladı ki derin bir "Ooof" çekmekten kendimi alamadım. Kalabalık yavaş yavaş dağılırken kız yeniden tempoyu yükseltmek için ellerini davulcuya uzatarak: "Durmak yok, gün bizim günümüz, düğün bizim düğünümüz" diye seslendi. Ayağında şalvarı, omzunda poşusuyla davulcu, işinin ehli, güngörmüş bir adama benziyordu. Ortalık bir anda davul zurna sesiyle inledi.

Halay uzun havaların ardından "Can ey can ey" türküsü ile yeniden başladı.. Şimdi daha canlı, daha coşkulu devam ediyor. Halim ağabeyin mutlu günü. Halay başında mendili kimseye kaptırmıyor. Bizim çocukların hepsi de halayda. Rüzgârda gelincikler nasıl eğilip sallanırsa öyle bizimkiler de. Kıskanıyorum kitabıma. Diz kırıp omuz oynatıyorlar. Ayak figürleri değişiyor şaşırıyorum. Ben de artık onlarla halaydayım. Gözlerim çoktan boşadı beni. Ellerim, ayaklarım, omuz başlarım dinler mi, onlar da gitti. Dalıp gidiyorum. Halayın içindeyim artık. Ben de omuz sallayıp diz kırıyorum oturduğum yerden. Avuç içlerimin terlediğini fark ediyorum. Yumuşak bir dost eli gibi, halay, tüm sıcaklığıyla sarmalıyor beni.

İnsanlar iç içe geçmiş, sevgi yumağı olmuşlar. Dostluk yumağı... Elden ele dolaşan bir karanfil, kokusu insanı sarhoş ediyor. Halayın içinde, dostluk harmanında kayboluyorum.

Selen. Şafakta açılan gonca gül kadar taze bir gelin. Halayda babası ile eşinin ortasında. Ter, çiğ taneleri gibi süzülüyor yanaklarından, damla damla. Simlerin içinde terler parıldıyor ay parçası yüzünde. Babasından mendili ilk o alıyor. Ah Zeynep ablam... Keşke aramızda olaydın, sen de benim gibi hayranlıkla seyrederdin kızını. Görenler bir ak güvercin kanat açmış sanır, o, kırmızı mendiliyle halay başı çekerken. Sanki birazdan uçup gidecek o mendille birlikte, Zuhal yıldızına doğru. Ak bir güvercin havalanmış beyaz gelinliği içinde. Öyle mutlu ki... Tarifi mümkünsüz. Görüş günlerine geldiğinde de nedense onu hep, beyaz tomurcuk bir güle benzetirdim. Güneş gibi parlak, ışıl ışıldı yüzü. Hep gülerdi. Güller saçılırdı buğulu camların ardından dört bir yana. Mahallenin afacan kızı, bize sokakları anlatırdı heyecanla. Abisi Deniz koğuş arkadaşımız olunca sokaklar ona kalmıştı. "Binlerce insanla yürüdük ağabey. Şarkılar, türküler, halaylarla." Sonra ev baskınlarına geçerdi. Mahalle savaş halindeymiş gibi panzerlerle kuşatılıyor, halka gözdağı vermek için, sık sık evlere baskınlar yapılıyormuş. "Korkuyorlar halktan, ağabey" diyordu, "çünkü haklıyız, sonunda biz kazanacağız!"

Halayda Selen'in yanı başında Deniz var. Onun yanında Gül Cemal ve Abidin. Omuz omuza. Davulcu imansızı nasıl da vuruyor tokmağa. Bu gidişle davul dayanmaz bu adama. Coştukça coşuyor, belli ki aşkla çalıyor. Ne güzel. Hele kartal gibi süzülerek ortaya atılan davulun üzerine çıkıp mendil sallayan, diz kıran, el çırpanlara ne demeli... Bir değil on davul patlatır bu çocuklar.

Ben uzak bir masada dalgın ve çaresiz onları seyrediyorum.

Kendime siper yaptığım masa, o gece, kurşunlardan kalbura dönmüştü. Ben masayı bırakmış yerlerde sürünüyordum. Tepemizdeki mazgallardan Azrail pençesini uzatmıştı. Can havliyle kaçışıyorduk. İş makineleri ile duvarları yıkıyorlardı. Ejderha gibi tepemizdeki mazgallardan koğuşlara lav püskürtüyorlardı. Sıkılan gazlardan birbirimizi göremiyorduk.

Şafak sökerken baskına gelmişlerdi. Ölüm gelip kapımızı çalmıştı işte. Beklemiyorduk. Uykunun kucağında çıplak ve çaresizdik. Savrulup gitmişti her birimiz bir tarafa. Bal-

yozlar duvarları parçalarken dört bir yandan gaz bombaları yağıyordu üstümüze. *Kurşunlar can alıyordu aralıksız. Ortalık mahşer günüydü. Ölüm davetsiz misafir gibi kapı baca dinlemeden dalmıştı hanemize.* Korunmaya çalışıyorduk mermi yağmurundan. *Halaydaki gibi bir yumak olmuştu yine bizim çocuklar. Seslerimizle korkutmaya çalışıyorduk Azrail'i. Sabahın ayazında mazgallardan koğuşlara doğru savrulan bomba ve kurşunlardan önümüze ne çıkarsa yığarak korunmaya, uykumuzu parçalayan bir karabasan gibi gelen ölümü kovmaya çabalıyorduk.*

Acıların yumağı sevgi yumağına dönüşmüş beni yüzlerce kilometre uzaktaki köyümden alıp içine sarıvermişti işte. Bu gözyaşları da ne ola? Ulan ne kadar da duygusal oldum. Ağlamak ferahlatıyor yüreğimi. Bu sevinç gözyaşları aslanım.

Cezaevi duvarları insanları katılaştırır derler. Yalan. Yaşayan bilir. İçinde insan sesi taşımayan duvarlar fena. Koğuşlarımızda ne kadar çok ses vardı oysa. Ben yalnızlığı severdim. Düşünmeyi, dalıp gitmeyi severdim. Düşlerimde; Kaz dağlarının baharda bin bir çiçek açan ormanları içinde kaybolur, altın saçlı bacımla el ele, kırklara karışan sarı kızı arardım. Tekmil yeşile kesilen, bereketli bir tarlaya benzeyen Edremit ovasını yücelerden seyrettiğimi ve ormanın derinliklerinde cam gibi ışıl ışıl parlayan su gözelerinde çimdiğimi hayal ederken; operasyondan ve işkencelerden arta kalan, kapanmayan onca yara berenin kapandığını, acılarımın azaldığını, hafiflediğimi hissederdim.
Koğuşlardayken hayretle seyrederdim bizim "varoş" çocuklarını. Hayatları boyunca kitap yüzü açmamış bu ço-

cuklar nasıl da hayranlıkla yutardı kitapları. Kitaplardan mucize bekler gibiydiler. Gözlerini büyüterek, olayları abartarak heyecanla tartışırlardı. "Ulan bizimkiler de ne yaman savaşçılar be." Hayal güçlerine hayran kalırdım ben de. Türkülerde, marşlarda, yarın elini uzatsan tutacak kadar yakındı. Hücredeki uzun sessizlik döneminden sonra gürültüye dayanamaz olmuştum. Zamanla sese de sessizliğe de alışıyor insanoğlu.

Ah o güzelim insan sesleri. F tipinde kıymetini anladım. Gürültüyü, kalabalığı özler oldum. Bütün o kızdığım sesler nerede diye çok aradım. Duvarlar üstüme üstüme geliyor. Eğiliyor, bükülüyor, yamuluyor yalancı aynalar gibi. Hayallere dalıyorum kayboluyor. Gözlerimi açıyorum. Duvar. Sıkıştığını, daraldığını düşünüyorsun. Yeniden dönüyorum Kaz dağlarına.

O mahşeri kıyamette hepimiz bedenimizde kurşunlarla sağ kaldık işte. Ben mucize diyorum. Şimdi pineklediğim masa gibi bir masa korudu bizi. Ben koğuştan yan bölmeye geçmeye çalışırken ayağımdan yedim kurşunu. Ayak bileğim parçalandı. Ameliyat. Uzun süre yattım hastanede. Anam hasta haliyle kalkıp geldi köyden, dünyalar benim olduydu. Uzun süre onun yayla çiçeği kokusunu unutamadım. Köyden kekik, yarpuz, ıhlamur, yayla çayı ısmarladık. Dönünce anamı fazla özlemeyeyim, onları koklayınca anamı hatırlayayım diye. Nasıl da hasretle sarılmıştık, ne zor ayrıldık.

Hücrede yaşamak iflahını kesiyor adamın. Daralmalarım oradan yadigâr. Sonrası ne mi? F tipine uzun, amansız bir yolculuk. Kaybettiklerine mi yanarsın, yaşadığına mı sevinirsin? Yine de yaşamak güzel.

Canım Deniz, az kahrımı çekmedi benim. Üst ranzadayım. Hastaneden yarım yamalak bir ameliyatla benim ömür boyu sakat kalmama aldırmadan hapishaneye yolladılar. Zincirlerle bağlı olduğum karyolada hareket etmem nerdeyse olanaksızdı. Tepemde nöbetçiler. "Bir an önce gönderin, vatan haini bunlar." Doktorlar da baskılardan bunalmıştı, çaresiz imzaladılar sevk kâğıdımı. Hastaneden doğru tek kişilik hücreye. Issızlığın içinde, sabaha kadar inleyip durdum. Sinirlerim parçalandı. Hücreden yeni dönmüşüm, boğuluyorum. Deniz ve Abidin bana bakıyor, yanımdalar.

"Abi yemeğini getirdim yukarıya, sen zahmet etme." Çocuk insanlık yapıyor. "Bana kimse hizmet etmesin. Yemeğimi kendim alırım ben."

"Abi dinlenmen gerekiyor, dikişlerin patlar, zorlama. Ameliyat yerlerin açık daha, dikkat et, pansumanını biz yaparız sen dinlen. Mikrop kapmışsın zaten hücrede."

"Bana karışmayın ulan! Yemeğimi kendim alırım ben." Nah alırsın. Kaç kere yuvarlandın üst ranzadan. Çocuklar yetişti yine imdadına. Deniz seni bırakıp başka hücreye geçti mi? Geçmedi. Kafayı yemiştin ama yine de moral verdiler sana. Bir yandan da ölüm orucuna devam ettiler. Ölmeyince ölmüyor insan. Kaç kere döndük sınırdan. Bir parça serumla bile nasıl toparlanıyor insan, dönüyor ölümün sınır boylarından.

Şimdi benim arkadaşlarım halayda.

Selen bir su perisi gibi geldi yanıma. Yüzünde ışıldayan bir gülümseme ile elimden tuttuğu gibi kanatlandırdı beni. Artık ben de halayın içindeyim. Ayağım yerde sürünüp dursun, dostların kollarındayım.

"Ağabey ne bu halin? Gören de cenazeye gelmiş sana-

cak. Keşke Habibe abla da aramızda olsaydı. Ne kadar ne-
şeliydi, annemle görüşüne giderdik, bütün gam kederimizi
dağıtırdı."

Bacım kesik bir kol gibi giriyor aramıza. Yaşıyor ya. O
bana yeter. Hepimize. O hepimizin gülüydü, evimizin neşe
kaynağı. O olmasa, zorlamasa gelemezdim buraya.

Selen'in ışıldayan yüzüne bakıyorum. Sevinçli. Mutlu.
Onun bir söğüt dalı gibi narin, ince parmaklarına bırakıyo-
rum kendimi. Tüy kadar hafiflediğimi düşünüyorum.

Halayın ortasındayım. Dostlarımın arasında. Bir ayağı-
mın aksadığını hissetmiyorum artık, bulutların üzerinde-
yim. Kuşların cıvıltısı gibi tatlı geliyor davulun sesi, kulağı-
mı tırmalamıyor artık. Ağzım kulaklarımda.

Başımda eski zamanların sevdaları, başım dumanlı.

*Eski zamanlar olacak da ben böyle masa başında dura-
cağım ha? (İdareten tutturdular bacağımı, sallanıp duruyor
imansız, hapiste olmasam iyileşirdim, izi bile kalmazdı.) O
zaman tuttum mu Selen'in kolundan, halay başı kim çeker'i
gösterirdim o kınalı kuzuya. Beni bir başıma bırakıp çatır
çatır çatlatmak neymiş görürdü cümle âlem. Nasıl diz kırı-
lır, çepik nasıl oynanır, horon nasıl tepilir, halay nasıl çeki-
lir bir güzel gösterirdim. Böyle iki dönmeyle kesilir miydim
ben?*

Düğün nasıl da kalabalık. Bunalıyorum. Başım döndü,
tansiyonum fırladı yine. İzin isteyip masama döndüm yeni-
den. Ne kadar çok seveni varmış Halim ağabeyin. Keşke bu
mutlu günü Zeynep Ana da yaşasaydı... O da ağlardı içten
içe benim gibi. O'nun payına hep acılar düştü. Görüş gü-
nünde babamın yanında tanıdım Halim ağabeyi. Cezaevi
kapısında arkadaş olduk demişti babam. Köyden gelince
nerede kalacağız diye düşünmeyeceğiz artık. Deniz ve ma-

halleden gelen çocuklar bana emanetti artık. Ne de olsa onlardan on yıl kadar kıdemliydim. Eh, az kahrımı çekmedi garipler.

"Hayata dönüş"te güçsüz bedeni kurşunlarla doldu Deniz'in. Doktorlar 'yaşaması mucize' dediler. Deniz'in ölüm orucunda tükenişine yüreği dayanamadı. Mucizeyi göremedi Zeynep ana..

Cezaevi önünde beklerken, iyice güçsüz düşen bedeni, zayıflayan kalbi dayanamadı, insanların diri diri yakılmasına, genç ölümlere. Kayıp gidiverdi aramızdan usulca...

Halim ağabey güleç yüzlü güzel insan. Acılar nakış nakış yüzünde. Hayat mucizelerle dolu; Deniz, bedeninde kurşunlarla halay çekiyor.

Kızlar koğuşunda arkadaşlarıyla birlikte diri diri yakılan bacım, köyde yolumu gözlüyor. Geç kalırsam merak eder. Bir an önce dönmeliyim.

Yine çocukluk günlerimize döndük bacımla. Yine ormanın hışırtısı içinde el ele yürüyoruz. Yine İda Dağı'nda "sarı kız"ı bulmaya, kaz gütmeye gidiyoruz. Gecemiz gündüzümüz birlikte.

Cezaevinde de sürekli sohbet ederdik, mektupla. Kardeşliğin ötesinde bir bağ var aramızda. "Ölüm bile ayıramaz bizi" diyordum ona yazdığım mektuplarda. Gerçek de öyle oldu. Ölüm kadar acıydı ayrılık. Mektuplarla can veriyorduk birbirimize.

F tipinde en çok onu özlüyordum. Dünyanın gözü önünde kimyasal silahlarla alevlerin içinde bir kızıl gül gibi yaktılar bacımı. Acıların en acısını yaşamak ona düştü.

Hücre. Güneş yüzü yasak. Gün ışığı yok. Tepemizde

ampuller, gece mi gündüz mü yaz mı kış mı bilemezsin.
Kamera. Dört bir yan kamera. Bir deney faresi gibi gözet-
leniyorsun. Ölümden öte köy mü var? Durmadan küfredi-
yorum. Berbat sesimle şarkı türkü söylüyorum. Sessizlik.
Notlarla haberleşmeye çalışıyoruz. Kim nerede öğreniyo-
ruz. Kamera. Gardiyanlar bizden beter korkuyorlar. Biz
ölümün ucunda çoktan aşmışız korku duvarını. Gardiyan-
lar korkuyor. İnsanca davranmak suç. İyi bir gardiyan
vardı bizim oralı. "İş güç yok biliyorsun" derdi, ekmek pa-
rası. Kameralara korkuyla bakardı. İşte o zaman biraz
sertleşirdi hareketleri. İtekler, kızar, sert çıkardı. "Kusura
bakma tertip" derdi daha sonra usulca. Bir keresinde beni
sürükleyerek tuvalete götürürken ceplerimi ahlât ve iğdey-
le doldurmuştu. O gece hücremde sabaha kadar onları
koklamıştım. Hepsi de mis gibi memleket kokuyordu. Her
bir tanesinin kokusunu içime çeke çeke yavaş yavaş yedim.
Bundan daha güzel bir hediye ne olabilirdi, ona gözlerim-
le teşekkür etmiştim. Anlamıştı. Bir sabah hiç alışık olma-
dığımız şekilde gürültüyle, düdük sesleri içinde uyandığım-
da O'nun nöbeti başında, beylik tabancasını şakağına da-
yayarak intihar ettiğini öğrendim. Babam ölmüş gibi gün-
lerce ağladım.

Abidin çocukluğuna geri döndü dediler. İnsanlıktan çı-
kıyorsun kolay mı? O şimdi kaygısız, rahat. Beni bile zor
anımsadı. Zamanla düzelir belki o da bizim gibi.

Deniz'in, Selen'in, Gül Cemal'in yanında nasıl da gü-
lümsüyor.

Ne güzel eğleniyorlar.

Bir köşede somurtup duran bir tek sen varsın bunca in-
sanın içinde. Her zaman olduğu gibi... Haydi, kalk bir da-
ha halaya "ağır" ağabey. Deniz takmıştı bu lakabı. Ne şen

çocuktu yahu! Hepimizi gülmekten kırardı anlattığı fıkralarla, yaptığı taklitlerle. Dikiş yerlerim sızlardı gülmekten, patlayacak diye korkardım. İşkence izlerinin en iyi ilacıydı Deniz. Ölmüş adamı diriltir, güle güle yerlere yatırırdı. Kameradan bizi izleyenler, "bunlar toptan tırlatmış" der başka bir şey demezdi. Haydi, dostum biraz daha cesaret. Birazcık sallansın ayağın ne çıkar. Çocuklar düşürmez seni. Hangi gün yalnız bıraktılar ki. Sanki o kurşunlar bizim üstümüze yağmadı. Filistin askıları, elektrik seansları bir körebe oyunuydu sanki. Alnımızın akıyla geçtik işte. Hep de kötü günler anımsanmaz ya canım. Çocuk kalmasak ağız dolusu gülebilir miydik böyle?

İnsanın gözünün içine bakardı Habibe bacım. Mavi bir aydınlıktı gözleri. "Gözlerdeki ışık söndü mü korkacaksın" derdi. "Tehlike asıl o zaman başlar. İnsanlık deyince burnunun direği sızlamalı, içinde coşku, gözünde parıltı kaybolmamalı."

Umudunu yitirmedi Habibe. Yaşadıklarını ben yaşasaydım, şu karamsar halimle tahtalıköyü çoktan boylardım. Köye benden bir yıl önce gitti. Yanıkları yüzünden insan içine çıkamamış. Kimsenin kendisini o halde görmesini istememiş. Hep odasında kapalı. Gazeteler, kitaplar ve mektuplar. "Bir de insan sesleri," diye yazmıştı mektubunda. "Akşama kadar perdenin arkasından sokağımızı gözlüyorum. İnek sağma vaktini, koyunların otlağa götürülmesini, çilli horozun ötüşünü, çocukların okula gidiş geliş zamanlarını, sokaktan kimlerin ne zaman geçeceğini artık ezbere biliyorum. Direncimi seslere borçluyum ben. Sesler. Cıvıl cıvıl kuş sesleri; konuşan, gülen, ağlayan insan sesleri. Sokağın sessizliğinin sesi. Ağacın dallarına rüzgârın çarpmasıyla, kuşun havada kanat çırpmasıyla oluşan ses. Kedi, kö-

*pek, koyun, keçi, at, eşek, inek sesi. Karanlığın içinde inle-
yen nağmelerin sesi. Bir de uzaktan bir türkü gibi beni ça-
ğıran İda'nın sesi. İda'nın karanlığı içinde bir su gibi çağıl-
dayıp bana ulaşan Sarı Kız'ın billur sesi. Beni sesler bağla-
dı hayata. Sesleri duymasam, uzaktan da olsa insanları gör-
mesem, kendimi onların yerine koyup sokaklarda çocuklar-
la ben de oynamasam, o ölümden beter acılara dayanamaz-
dım."*

*Şimdi gitar öğrenmeye çalışıyor. Ona kafamı ütüleme,
yeter, diyemiyorum. En bozuk ritme bile dayanıyorum. Ben
de özlemişim sesleri.*

*Ah akılsız kafam, kimseyi inandıramadım kendime.
Tehlikenin adım adım yaklaştığını, başımıza büyük bir ço-
rap öreceklerini sezinliyordum. Adın bir kere kuruntucuya,
karamsara çıkmaya görsün. Herkes okuyor, ben yaşıyor-
dum. Herkes burnunun dikine gidiyor. Durmadan olasılık
hesapları yapıp düşünüyordum. Yılan bile yılda bir kabu-
ğunu değiştirir, kendisini yeniler. Kör parmağım gözüne gi-
diyoruz. Lanet olası altıncı his; etimde, kemiğimde, iliğim-
de hissediyordum. Bizi yalnızlaştırıyorlar. Kimsenin bizi
dinlediği, anladığı yok. "Cezaevleri terör kampı oldu" di-
yorlar. Durmadan düzmece, yalan haberlerle zemin hazırlı-
yorlar saldırıya. Bu gazla üzerimize gelirler, diyorum. Ben
felaket tellalcısı oldum. Ben gündüz düşü görüyormuşum.
Dünyanın gözü önünde cezaevine ağır silahlar ve kimyasal
gazlarla saldırı nerede görülmüştü! Bu kadarını ben bile
tahmin edememiştim. "Hafife almayalım, hazırlıklı olalım"
diyordum o kadar. Dört duvarda ne yapılabilirdi ki? Keşke
ben yanılmış olsaydım. Ben madara olsaydım da ölümler
olmasaydı. Canlarım yakılmasaydı. Keşke kuruntuculu-
ğumla kalsaydım.*

Arkadaşlar beni halaya çağırıyor. Yeniden pineklediğim masaya tutunup ayaklanıyorum. Abidin ve Gül Cemal'in kollarında havalanıyorum. Oyundan oyuna, halaydan halaya geçiyoruz. Hepimiz kan ter içinde kalıyoruz. Mutluluk denizinde yüzüyoruz el ele.

Bizim oranın düğünlerinde açık havada nasıl da oynardık bacımla... Herkesin ağzı açık kalırdı. Göbek atardık karşılıklı, bize tempo tutarlardı. Bana roman havasını da o öğretmişti. "Kapı gıcırtısından oynarız biz" derdi. Ne döktürüyordum ama. Kızların ağzı açık kalırdı.

Ayağım zorlamaya başladı yine. Acısından duramıyorum. Daralmaya başladım.

Selen, güzel kızım benim. Ne de yakışmış gelinlik sana. Sokak kızı. Gözaltı, dayak, işkence, Hiçbir acı bozamamış güzelliğini. Dokunamamış saflığına senin. Seni nasıl kırarım ben. İki bacağım da sallansa sana nasıl hayır derim? Senin o kuş cıvıltısı sesin, ışıl ışıl gülüşün, "Mutlaka bekliyorum" sözün çekmedi mi beni köyden buraya?

Ayağımdaki sızı bütün bedenime yayılınca, Selen'le esmer ince bir Kürt delikanlısı olan Aziz'e mutluluklar dileyip izin istiyorum. Selen bırakmıyor "ağır" ağabeyini. Halay'ın ardından başlayan müziğin eşliğinde yine kanat takmış gibi hafifliyorum.

Nasıl da unutmuşum dans etmeyi. Ayakkabımın içini gazete kâğıdıyla doldurdum. Bağcıklarım da sımsıkı bağlı. Selen'in, Deniz'in, Gül Cemal'in, Abidin'in gözlerinden taşan sevgi sağanağı altında yıkanıyorum. Gözyaşlarıma hâkim olamıyorum yine. Selen'e sarılıp gizlice ağlıyorum.

Ayrılırken Habibe'nin diliyle mutluluklar diliyorum Selen'e:

"İnsanlık deyince burnunun direği hep sızlasın olur mu? Dostlarını unutma. Güzel gözlerin ıslanmasın."

"Mutluluk gözyaşları ağabey. Keşke anam da yanımızda olsaydı."

Zülfikâr gibi düşüyor ayrılık acısı aramıza. Kucaklaşıyoruz.

Gençler "Kizawa, kizawa" diye tempo tutuyorlar ellerini havaya kaldırarak: Aziz zawa, Aziz zawa!

Halay hareketli bir türküyle yeniden kuruluyor. Davulun tokmağı beni de durduğum yerde oynamaya teşvik ediyor. Alkışlayarak tempo tutuyorum giderayak ben de. Ne zamandır böyle eğlenmemiştim.

Kulaklarım çınlıyor, başım dönüyor yine. Gözyaşlarımı silerek toparlanıyorum. Daha fazla içerde duramıyorum. Acıdan, gözümün önünde halkalar uçuşuyor. Deniz ve Gül Cemal tıpkı eski günlerdeki gibi koluma girmiş. Tansiyonum dengesiz. Dayanmalıyım. Arkadaşlarımla kucaklaşarak, Selen'e, damada el sallayarak salondan çıkıyorum. Halim ağabey akşam kalmam için ısrarcı oluyor. "Habibe" deyince kolu kanadı kırılıyor onun da.

İçerde halay bütün coşkusuyla devam ediyor. Gül Cemal koluma yapışmış bırakmıyor. Ayakta duramıyorum. Havanın ıslaklığı ferahlatıyor, kendime gelmemi sağlıyor. Ahmakıslatan bir yağmur çiseliyor dışarıda. Derin nefes alarak ciğerlerime çekiyorum temiz havayı. Davul, zurna ve müziğin sesi sokaktan duyuluyor. Dışarıda bile omuz omuza halay çekenler var. Şenlikli bir mahalle diyorum sevinçle. Bu coşku içimdeki umudu fişekliyor.

Gül Cemal sımsıkı sarılmış bana. Utangaç. Konuşurken yüzü kızarıyor. Boyu oldukça uzun, narin bir dal gibi de kırılgan. Biliyorum.

"Ne güzel çocuksun sen Gül Cemal," diyorum gülerek. Eli omzumda kuğu gibi boynunu eğerek safça soruyor:

"Niye ki ağabey?"

Mazgallardan Azrail'in hepimize pençesini uzattığı geceyi düşünüyorum.

"O gece," diyorum, "nasıl kapanmıştın arkadaşlarının üzerine. Bir kurşun alnını boydan boya yarıp geçmişti. Kan içindeydi yüzün gözün. Ben iki kurşun yemiştim bacağımdan, yerlerde sürünüyordum. Tepemizdeki mazgallardan ölüm yağıyordu üzerimize. Ve sen bir yandan küfrediyordun o uzun boynunu kaldırarak, yumruğunu havaya sıkarak meydan okuyordun Azrail'e, bir yandan da yavrularını koruyan anaç bir tavuk gibi kanatlarının altına almıştın arkadaşlarını. Gövdeni siper ederek korumaya çalışıyordun. Ben yattığım yerden hayranlıkla seni seyrediyordum. Ne güzel bir dostluk demiştim, ölsem de gam çekmezdim inan. Bir yumak olmuştuk. Ölümün karşısında, sevgi yumağı."

Yanakları kızarıyor Gül Cemal'in. Alnındaki yarayı anımsayarak utangaç gülümsüyor.

"Boş ver be ağabey," diyor, "çok takıyorsun kafanı. 'Abartıyorsunuz olguları çocuklar!' Hani sen bize derdin ya. Arkadaşlık ne zamanda belli olur sen bilmez misin? Geldi geçti işte. Bak hepimiz buradayız. Kim ayırabilir bizi birbirimizden? Sen bizi sevmesen köyden onca yolu tepip gelir miydin buraya? Ağır ağabeyim benim."

Hasretle kucaklaşıp ayrılıyoruz.

Kurban olurum yoluna, ne güzel şey dostluk, diye düşünüyorum Gül Cemal boynunu kırıp düğün salonuna doğru yürürken.

Başımda eski zamanların sevdaları düşe kalka yürüyorum istasyona doğru.

"Mutsuz gibi görünen mutlu bir halk yaşar orada." diyorum, kendi kendime.

Temmuz 2005, Çerkezköy

YOLLAR I

KARA TREN

I

Trenden inerken bir çift emanet göz bıraktı bana. Bir çift yeşil göz, sarı saçlarını sabahın serinliğine doğru savururken jandarmaların arasında vakur bir edayla yürüyordu. Zayıf bedeninden umulmayacak kadar heybetliydi. Ama gözleri bende kaldı. Sorgulayan, kararsız, ürkek, şaşkın gözleri... "Emanetime iyi bak" der gibiydi.

II

Gece yarısı acıyla çalan bir telefondu yine beni yollara düşüren.

"Sizin kızınız ölü ele geçirildi. Kimlik tespiti için gelmeniz gerekiyor." Kanım donuyordu bu aşağılayıcı buyurgan ses karşısında. Bu da işkencenin bir parçasıydı. Çoğu zaman cenazeler bekletilmiyor ya da yakınlarının almasına izin verilmiyordu. En acısı da bir çukura üst üste atılmış et parçaları arasında sevdiğinizi bulmaya çalışmaktır. Çamurla dolu bir çukurun içinden çıkarılan parçalanmış bedenlerin içinde oğlunun elini tanıyan yaşlı bir ananın ağıdı yıllardır kulaklarımda. Acıyı anlamak için dil gerekmiyor, yürek aynı yürek. Hanım o gece de yüreğimi parçaladı ağıdıyla. "Onu yaban ellerde koyma bey. Bayramlarda hiç olmazsa mezarına gider dertleşirim kızımla."

Yola çıktığımda gün ağarmaya başlıyordu.

III

Bir traktör römorkuna üst üste atılarak hastane morguna getirilen "ölü ele geçirilenler" henüz toprağa gömülmemişti kasabaya vardığımda. Morgun kapısı benim gibi uzak şehirlerden gelenlerle doluydu. Zar zor içeri girdiğimde kokmaya ve morarmaya yüz tutan genç bedenlerin arasında nazendemi aradım. Çok şükür kızım yoktu ölenlerin arasında. Fakat acısı göğü inleten ağıtları dinledikçe daha çok üzülür olmuştum. Yaşlı kalbim dayanamıyordu artık bu acılara.. Sanki binlerce kızım vardı ve her gün ölüyordum.

Morgun kapısında tanıdık bir çift göz görmüştüm yine. Sevecen acıyla ve özlemle bakan: O da benim gibi ellerini koynuna kavuşturmuş, nemli gözlerle, ağıt yakan kadınlara, acılı insanlara bakıyordu. Gözleri yaşla doluydu, ayakta zor durduğu belliydi. O sarı kıza karşı içimden ılık bir şeylerin aktığını, gözlerinin Çiğdem'e, kızıma ne kadar çok benzediğini ilk o an fark ettim. Daha fazla kalamadım orada. Ölenlerin arasında kızım yoktu ama ben bir kez daha ölmüştüm onca ağıdın arasında. Ölmekten beter bir yorgunlukla zar zor yürüyebildim istasyona. Kimlik tespiti. Yine bir sürü acı hakaret ve aşağılamayla binmiştim trene. Ne işim vardı bu yaban ellerde. Adım başı arama ve sorgudan geçiyorsun. Kızımı arıyorum diyemiyorum artık. Akraba ziyareti, oğlum askerde onu görmeye gidiyorum. Anasının yüzüne nasıl bakarım gelmezsem? Hem o benim ciğerparem, Çiğdem'im, amansız aşkım.

Artık yakın akrabaların dahi cenazelerine gidemez oldum. Yüreğim kaldırmıyor. İki kez yokladı beni. Kalbim. Soluksuz kaldım. Gidip geldim iki kez öbür dünyaya.

IV

Morgun kapısında gördüğüm sarı kız da istasyondaydı. Oldukça yüklü gelen kara tren istasyondan binenlerle iyice kalabalıklaşmıştı. Ayakta zor duruyordum. Oturacak boş bir vagon ararken onunla yeniden karşılaşınca çok sevindim. Eski bir tanıdığı görmüş gibi oldum. Göz ucuyla selamlaşmanın ötesinde tek kelime konuşmadı benimle. Kayboldu. Gidip buldum onu, birileriyle konuşmayalı, dertleşmeyeli uzun zaman olmuştu. Çevremdeki birçok insan bana deli gözüyle bakmaya başlamıştı. Yalnızlaşmıştım iyice.

Tren karlı dağları, dumanlı vadileri geride bırakırken onun bulunduğu kompartımanın bir köşesine ben de sıkıştım. Genç bir delikanlı yerini verdi bana, rahatladım. Genç çocuk koridordaki pencereden uzayıp giden yolları seyrederken, ben de morgun kapısında karşılaştığım sarışın kızı izlemeye başladım. Vagonda toplam altı kişiydik.

O, pencerenin yanında oturuyordu. Çantasını bacaklarının arasına almıştı. Çantasından çıkarttığı birkaç kitabı camın kenarındaki masaya koymuştu. Önce dalgın gözlerle yol boyunca bize eşlik eden ırmağı, çayırlıkları, ormanları ve mora çalan dumanlı dağları seyretti. İnce bir şiir kitabının sayfalarını çevirdi, okumadan kapattı. Çevresindekilerin meraklı bakışları onu rahatsız etmiyordu, sanki onların dışında bir dünyaya dalıp gitmiş gibiydi. Kitapları çantasına bıraktı ve oradan çıkardığı bir okul defterinin ilk sayfasını açarak minik sarı bir tükenmez kalemle yazmaya başladı. Ne yazıyordu acaba? Konuşmak mümkün görünmüyordu. Çünkü kendi dünyasına dalıp gitmişti.

Onun bu dağ kasabasında ilk görevine çıkan bir öğretmen olabileceğini hayal ettim. Günlük tutuyordu belki de kızım gibi. Ona da ben öğretmemiş miydim? İlk tayin olduğum köyde tuttuğum günlükleri okumuştum ona. O da bir gün öğretmen olacaktı benim gibi. Binlerce çocuk yetiştirecekti vatanımıza. Bu sarı kız da, hayatında ilk kez gördüğü bu yabancı memleketi, oranın acılı insanlarını, vahşi coğrafyasını, akıp durmakta olan kanı, yükselen feryatları yazıyordu belki de. Şaşkınlıkla baktığı, dillerini anlamadığı bu insanlara o da üzülüyordu demek. Yoksa ne diye ağlasın benim gibi, morgun kapısında.

Yol boyunca yazıp durdu defterine. Ara sıra dışarıya baktığı da oluyordu ama o dalgınlıkta karanlık geceyi mi görüyordu, yoksa düşlere mi dalıyordu anlamak imkânsızdı.

Anıların içinden ona baktım durdum ben de. Engel olamadığım gözyaşlarım yanaklarıma doğru süzülürken dalıp gitmişim. Rüyamda, Çiğdem tayin olduğu köyde dillerini anlamasa da çocuklarla nasıl kaynaştığını, onları ne çok sevdiğini anlatıyordu. Ne iyi etmişim onun yanına gelmekle. Tren sarsıntıyla yol alırken başını omzuma yaslayarak derin bir uykuya dalmıştı. Hanım ne çok sevinecek kim bilir; ikimizi karşısında görünce.

V

Gün ağarırken tren acı bir fren sesiyle, sarsıntıyla durdu. Uyandım. Usul boylu, güzel yüzlü, ince sarı kız iyice süzülmüş gibiydi. Bütün gece uyumamıştı anlaşılan, hâlâ dalgın yazıyordu. Zaman zaman alnını yasladığı buzlu camın ardında şafak tatlı bir kızıllık içindeydi. Durduğumuz istasyon oldukça hareketliydi sabahın bu erken saatinde. Dört bir yana doluşan jandarmalar istasyonu kuşatmış, inenlerin kimliklerini inceliyordu. Birden ramboyu andıran giysileri içinde özel harekât timlerini de görünce şaşırdım. Yakınlarda bir patlamanın olduğu söyleniyordu fısıltı halinde. Bolu dağlarında teröristler görülmüşler.

Kimlik araması için trene doluşan masal devlerini andıran özel timleri gördüğünde yüzünün kül gibi sarardığını fark ettim. Telaşlanmamaya çalışsa da korkmuştu. İşte o anda ben de tam karşısına, camın kenarına geçip oturdum. Nedenini anlayamadığım bir koruma içgüdüsüyle, kucağımdaki gazeteleri yazı yazdığı minik masanın üzerine bıraktım. Komando tugayının özel timleri bu ıssız dağ başı istasyonuna davetsiz bir yolcu gibi dalmıştı.

"Herkes kimliklerini çıkarsın!"

Altı kişi sessizce kimliklerimizi uzatıyoruz eli silahlı askere. Ellerindeki listelerden kimlikleri inceliyorlar dışarı da. Şüphelendiklerini merkeze soruyorlar. Morgun kapısında sessizce ağlayan kızla yeniden karşılaştı bakışlarımız. Ne yapacağını bilememenin telaşı içindeydi. Gözleri ikide bir masadaki defterine kayıyordu. Kızımın da defterleri olurdu şiirlerini yazdığı. Bazı geceler okurdu bana. Sevda yüklü duygusal şiirlerdi.

Gazeteleri usulca defterin üzerine kapatıyorum. O şaşkın. Tedirginliğini atamamış üstünden. Almak istemekle istememek arasında bocalıyor. Başımla kalsın diyorum. Aradaki buzları eritmek için iki çift laf etmeliyim diye düşünüyorum. "Öğretmen misin kızım" diyorum. "İlk tayinin mi?" O "evet" anlamında başını sallıyor. "Ben de bir zamanlar senin gibi heyecanlıydım buralara ilk geldiğim de. Senin yaşındaydım." O susuyor. İkimiz de konuşmuyoruz. Gözlerimiz sessizce anlaşıyor. O felaketine hazırlanan bir idam mahkûmu gibi sessiz, boynu bükük bekliyor. Onu avcının karşısındaki ürkek bir ceylana benzetiyorum nedense.

Tren dört bir yandan kuşatılmış. Silahlı nöbetçiler geziniyor dışarıda.

"Nereye amca yolculuk?"

Tepemizde bekleyen asker bu. Yüzüne bakıyorum. Temiz bir gence benziyor.

"İstanbul'a evladım, evime dönüyorum."

"Nereden böyle?"

"Kızım öğretmen de onu ziyarete gitmiştim Mardin'e."
Sohbetimiz içeriye kimlikleri toplayan çam yarması gibi
bir çavuşun girmesiyle kesiliyor. Resimlere bakarak kimlik-
lerimizi verirken en son sarı kızın yüzüne dikkatle bakıyor.
Onun kimliğini sallayarak ve kelimeleri ağzında yuvarlaya-
rak hızlı hızlı konuşuyor çavuş.
"Hanımefendi bizimle karakola kadar geleceksiniz. Lüt-
fen zorluk çıkarmayın. GBT'nizde bir sorun çıktı, araştır-
mamız gerekiyor."
Yeniden göz göze geliyoruz. Allahım bu gözler o kadar
tanıdık ki. Bir şeyler anlatmak istiyor belki de. Yutkunu-
yor. Sesi yetmiyor sanki konuşmaya. İtiraz edecek, karşı çı-
kacak gibi dikeliyor bir an. Sonra ondan da vazgeçip "gide-
lim" diyor askerlere. "Gidelim."
Trenden başka gençler de indiriliyor, sorgulanmak üze-
re alıp götürülüyor.
On yıl öncesine gidiyor aklım. Çiğdem'in sık sık gözal-
tına alındığı okul günlerine. Emniyet'te "yok" denildikçe
hanımın yeri göğü inleten feryatlarına... Kızımı da gözaltın-
da kaybedip kimsesizler mezarlığına gömecekler korkusu o
günlerden yadigâr.

Tren askerleri ve indirilen yolcuları o dağ başı istasyo-
nunda bırakarak İstanbul'a doğru yol alıyor.
Masal devlerini andıran komandoların arasından son
kez bakıyor bana sarı kız. Gözlerini ve defterini orada ema-
net bırakıyor. "Emanetime iyi bak amca."

VI

Ona bakarken uzak bir hayali düşünüyorum. Yıllardır
dağ bayır, köy kasaba demeden ölüsünü dirisini arayıp dur-
duğum, yaşlı bedenimi uğruna berhava ettiğim kızımın silik
bir hayali geliyor gözlerimin önüne.

Gözleri ne kadar da kızıma benziyordu.

Onun en çok bana diklenişini, isyankâr halini severdim. "Özgür olmalısın kızım" derdim. "Seni kimse ezmemeli. Baban bile." Anası "sana çekmiş" derdi. "Sen de hep burnunun dikine gitmedin mi? Armut dibine düşermiş."

Lise yıllarındayken iki arkadaş gibiydik kızımla. Ona Nâzım'dan, Hasan Hüseyin'den şiirler okurdum. Yanık sesiyle türkü söylerdi o da. Mahzuni'den, Veysel'den. Bazen beni dinlerken, el yazması şiirler ve karakalem portrelerle dolu odasında, gözlerini tavana diker, uzak hayallere dalardı. Kaybolup gittiğini düşünürdüm.

Üniversiteye başladığı yıl milliyetçi düşüncelerimi eleştirmeye başlamıştı. Bizim kuşağın sorunları eğitim ve millî kalkınmayla halletme görüşünü yetersiz buluyordu. Geri kalmış cahil dediğimiz insanları yönetmek, eğitmek yerine önce anlamaya çalışmalıymışız. Kollarımın arasında sıcaklığını kaybeder gibi oluyor, korkuyordum.

Şimdi uzaklarda bir hayal olmuştu... Yıllar boyu beni mecnun gibi peşinde sürükleyen.

Tren Bolu dağlarını aşmış, Düzce ovasında yeşillikler içinde yol alıyordu.

Bir gece yarısı kollarımın arasından serap gibi kaybolan kızım yıllar sonra sarışın yeşil gözlü bir kız suretinde karşıma çıkmış, onu da bulmamla kaybetmem bir olmuştu.

Haydarpaşa'da inerken gazetelerimin arasına sardığım emaneti gözüm gibi saklamaya karar verdim.

Belki de yıllardır aradığım hayali bulmama yardımcı olacaktı bu defter.

VII

Kızımın anası gözü yollarda gözyaşları içinde karşıladı beni. "Hadi gözün aydın" dedim acısını dağıtmak için. "Kızın sağ salim ve esenlikteymiş. Tv'de konuşmuş, 'anama se-

lam yolluyorum, metin olsun, yakında kavuşacağız' demiş."
Yine bir işkence testinden sağ salim dönmüştüm. Kızım öl-
medi diye sevinebilir mi insan? Bir gün nasıl olsa sıra bize de
gelecekti. Ya asker annelerinin feryatları farklı mıydı? Ona
bir daha yollara çıkmayacağımı söyledim kesin bir dille. Ses-
sizce boyun eğdi. Sitemsiz, mutfağa ağlamaya giderken ben
de kızımın hatıralarıyla dolu odasına kapandım.

Sarı kızın emaneti, gözleri hâlâ bendeydi. Ona gözüm
gibi bakacak, o dönene kadar saklayacaktım. Defteri kızı-
mın eskiden şiir yazdığı defterlerin arasına bırakıp odayı ki-
litledim. Nasıl olsa bir gün dönüp emanetini alacaktı.

Fakat o da kızım gibi dönmedi. Dönemedi. Kızımın vu-
rulduğu haberini alarak gittiğim kasabadan dönüşümden
dokuz ay geçmişti. Köroğlu ayvaz misali rutin hayatımıza
devam ediyorduk hanımla. O sabah gazeteler Ümraniye'de
bir hücre evine baskın yapıldığını, birisi kız üç teröristin si-
lahlarıyla birlikte ölü ele geçirildiğini yazıyordu. Sol parti-
ler ve İnsan Hakları dernekleri açıklamalarında ev baskı-
nının yargısız infaz olduğunu söylüyordu. Gece yarısı kapı-
ları kırarak eve dalan emniyet güçleri kan uykudaki gençle-
ri etkisiz hale getirmişlerdi. Gazetelerde 'işte bombacı terö-
rist kız' başlığıyla verilen haberdeki resim sarı kıza ne ka-
dar çok benziyordu.

O artık hiçbir zaman emanetini gelip alamayacaktı bel-
ki de.

Yazdıklarını okumak için inanılmaz bir istek duydum o an.

Odaya girdiğimde kızımın ve sarı kızın hayali karşım-
daydı. Canım yanıyor, içim acıyordu. Yoksa kızım da bir
dağ başında vurulup, üzerine üç beş kürek toprak atılıp ka-
yıp mı edilmişti? Resmine uzanıp öptüğümde ağlıyordum.
O yanı başımdaydı işte. Kaybolmamıştı.

İlk satırları okuduğumda, kızımı gözlerini tavana dikmiş
beni dinliyor sandım.

YOLLAR II

EMANET

I

ÖZGÜRLÜK DÜŞÜ

Bugün yaralandım: 14 Nisan. Yarın yakalanacağım.
On yıl önce.
On yıl sonra bugün özgürlüğe doğru yol alıyorum.
Kara tren, beni özgürlüğe bu sefer de sen götüreceksin.
İstanbul'da beni neler bekliyor bilmiyorum. Ama bu üç
ay içinde beni boğan, bunaltan kasabadan uzaklaşmak, baharın ılık nefesini ciğerlerimde hissetmek rahatlattı biraz
beni. Yüreğim hafifledi sanki.

On yıldır alıştığım cezaevinden tahliye olduktan sonra
döndüğüm ana ocağı, çocukluğumda çok sevdiğim bu kasaba, karabasan olmuştu bana. Her gece düşlerimde üzerime
çöküyordu. Kan-ter içinde uyanıyordum. Cezaevine girdiğimde ilk dört yıl da karabasanlarla geçmedi mi? Neden ölmedim ben, diyordum. Her gece düşlerimde arkadaşlarım,
birer birer düşüyorlardı üzerime. Güle'nin boğazından fışkırıyor kan. Oluk oluk boşanıyor. Elim yüzüm kan içinde. Sara bir düş içinde uyuyor sanki. Dokunsam uyanıverecek.
Elif'in elleri havada; göğsüne yediği kurşunla sırma saçları
savruluyor. Göğe dikiyor gözlerini. "Neden" der gibi; "Gencim daha ben. Ve yaşamak istiyorum." Birer birer üstüme
düşüyor yoldaşlarım. Ve ben altta canım çıksın istiyorum.
Çıkmıyor. Askerler çılgınca kurşun yağdırıyor üzerime. Ölmüyorum. Uzak dağ köylerinden gelen bir falcı kadın anne-

me, "Allah bunun üzerine bir örtü örtmüş; onu korumuş" diye yorumladı durumumu. Ben yıllarca "neden ölmedim" diye kahroldum durdum. Arkadaşlarım benden çok yaşamak istiyorlardı. Onlar ölmüştü, ben yaşıyordum. Onlar her gece rüyalarımda. En sonunda onlar için yaşamam gerektiğine ikna ettim beynimi. Onların uğruna can verdiği özgürlük benim de yolum, onların düşü benim de düşüm olacaktı.

Ah defterim, senden başka dertleşecek kimsem yok benim. Cezaevinde arkadaşlarımın, beni anlamadıklarını düşünürdüm. Daha çok içime kapanırdım. Daha çok kitaplarıma, yazılarıma...

Yakalandığımda üzerimde silah yoktu. Şehit olan arkadaşlarımın en altında, büzülmüş, inler halde bulmuşlardı beni. On yıl önce bugün yaralanmıştım. Yakalandığımda silahsızdım. Çatışmaya girdiği tespit edilenler müebbetle yargılandılar. Bütün sorgularımda basın çalışmalarında yer aldığımı ve silah kullanmadığımı söyledim. Aksini kanıtlayamadılar. Silahım elimde olmadığı, çatışmalara katılmadığım için üyelikten on yıl ceza verdiler. On yıl erken mi? Birlikte yakalandığım arkadaşlarım bir o kadar daha yatacak! Bu da tanrının bir örtüsü mü acaba? Beynim yorgun. Düşünemiyorum.

II

YOLUN BAŞI

Yalnızım ve yollardayım. Yollar benim umudum. Bu kasaba on bir yıl önce böyle miydi? Böyle mi bırakmıştım ben bu kasabayı? Uçarı bir kızdım. Ele avuca sığmayan, deli kız. Herkesin gözü bendeydi. Helin kesin dağa çıkacak. Çıkartmayacağız! Bu kız buralarda durmaz. Abisinin kanını yerde koymaz. Çıkacak diyorsam çıkacak. Çıkartmayacağız.

Edebiyat öğretmenimin kanlı yüzü, epey hırpalamışlar. İnsanlıktan çıkartmışlar. Yüzü gözü mosmor, elleri ayakları şişmiş. Askıya almışlar. Elektrik, kaba dayak, zor konuşuyor. "Helin dağa çıkma ne olur." Gözleri korku dolu. O böyle mi bakardı? O gülümseyen, ışıl ışıl gözler nerede? Gözünün ışığını çalmışlar? Korkmuş.

"Gidersen beni öldürecekler Helin!"

Çaresizce ağlıyorum. Ona göstermeden. Boynumu büküp dönüyorum. Evde büyük ağabeyim de aynı durumda. On beş gün aralıksız sorgu, işkence. Suç: Yok. Doğuştan suçlusunuz. Suçunuzu çoğaltmamak için, dağa gidenlere engel olun!

O zamanlar düğüne, bayrama gider gibi gidilirdi dağa. Ben de öyle gidecektim. Kararlıydım. Onlar da kararlıydı. Ben dağa çıktıktan sonra büyük ağabeyimi ve öğretmenimi yeniden gözaltına aldılar. Ve ben cezaevine düştükten altı ay sonra bıraktılar. Sanki rehin alındılar ve ben yakalanınca rehin süreleri doldu. Bırakıldılar.

Küçük ağabeyim uzak bir kasabada şehit düştüğünde babam onu almaya gitmişti. Kasaba halkı ağabeyimin orada gömülmesini istemiş. Babam "oğlum sizin de oğlunuzdur" diye güzel bir konuşma yapmış. Binlerce insan halaylarla, zılgıtlarla kaldırmış cenazeyi. Bu kasaba böyle miydi o günlerde?

Ağabeyim ilk öğretmenim, sırdaşım, benim can arkadaşım bana kitap okumayı, insanları sevmeyi, yazı yazmayı öğreten rehberim; ne görkemliydi cenaze törenin. Dağlar, köyler boşalmıştı. Binlerce can hep bir ağızdan adını haykırıyordu: "Şehit Namırın!"

Babam yine konuşmuştu dokunaklı, içli sesiyle. Ağabeyimle gurur duyduğunu anlatmıştı. Hepimiz duygulanmıştık. Ben senin hayalinle günlerce ağladım ağabey. Günlerce.

Mezarlıkta senin toprağında ağıt yakarken polisler çevirmiş etrafımızı, arkadaşlarımı gözaltına almışlar. Ben duymamışım. Durmadan gözyaşı döküyordum. Ben herkesin korktuğu, senin maskotun, deli kız'ın ağabey, dokunmayın ona demişler. Polisler yaklaşmamışlar yanıma. Öylece kalmışım. Seninle konuşur halde. Dağda benim rehberim sendin ağabey. Karanlık gecelerde kutup yıldızım sendin.

III

KASABA

Bu babama ne olmuş böyle? Küçülmüş, kabuğuna çekilmiş, sinmiş. Ya ağabeyime ne demeli? "Ben nasıl dayandım, sen bilemezsin," dedi bana. "Kasabada yaşamak kolay mı sanıyorsun? Sizin acınızı hep bizden çıkardılar. Her asker ölümünde, her karakol baskınında, her çatışma haberinde sudan bahanelerle ezdiler bizi. Vatanımız. Bırakıp da nere gidelim?"

İnsan ilişkileri sahte, samimiyetsiz, yozlaşmış. Babam bile yılmış, yıkılmış. Bana durmadan öğüt veriyor. Sıkıldım hep. Bunaldım. "Akıllan kızım. Boş bir yoldasın, sonu yok. Macera. Sen cezanı çektin, yeter geri çekil biraz. Tek başına sen mi kurtaracaksın. Kendini ateşe atmak zorunda mısın? Bak yasal partilerde çalışıyor, haklarımızı arıyoruz. Tamam, gönlümüz sizinle. Oy zamanı oyumuzu da atıyoruz. Onlar da biliyor ne olduğumuzu. Kafanı dinle biraz. Birlikte dağa çıktığın altı arkadaşın dördü itirafçı oldu (hatta biri operasyonlarda kelle avcılığı bile yaptı), birisi şehit düştü, bir tek sen kaldın. Uslan biraz." Kendimi kimselere anlatamıyorum. Cezaevinde anlatabildim mi? Beni hep bireysel davranmakla eleştirmediler mi? Ben dünyayı ve sizleri anlamaya çalışıyorum. Araştırmacı olmak, derinleşmek istiyorum. Sevgili ağabeyim de hep okurdu. "Bilinç düzeyi çok yüksekti" diye anlatırlar hep. Bana ondan miras kalmış, kendimi geliştirmek, özgür olmak istiyorum.

Ama bu kasaba üç ayda öldürdü beni. Boğuluyorum sanki; kiminle dertleşeceğim? Kendimi işkenceden beter halde hissediyorum.

Tedavim yarıda kaldı. Hastanede bile "itirafçı" olmamı istediler. Lanet olsun sizin kurtaracağınız hayata dedim. Arkadaşlarıma söyleyemedim. Acılarımı içime gömdüm. Tecavüze uğrayan arkadaşlarım da acılarını içlerine gömmüştü. Kadın kadına bile paylaşamadık birçok şeyi. Yıllar sonra açıkladı bazıları. Açıklamayanlar yüreğine gömdü.

İstanbul'da arkadaşların yardımıyla tedavi olabilirsem, kurtulabilirim belki. Yoksa yakında kemiklerim erimeye başlayacak. On yıldır bedenimde şarapnel parçalarıyla, onların verdiği acı ve sızılarla dayanmaya, yaşamaya çalışıyorum.

Dayanamadım. En sonunda geçen hafta annemi, babamı karşıma aldım: "Ne istiyorsunuz benden," dedim. "Ben mucize eseri yaşıyorum. Üzerime gelmeyin, aklınız size kalsın. Ben yolumu yıllar önce çizdim. Doğru bildiğim yolda gidiyorum. Bana karışmayın. Bugün yanınızdayım. Fakat burada nefes alamıyorum, sıkılıyorum. Beni anlayın. Sizin için zor olduğunu biliyorum. Ama ben gidiyorum. Nereye diye sormayın, bilmiyorum. Yapmam gereken işlerim var. Ben size daha sonra açıklarım. Ama gitmem gerekiyor. Burada yaşayamam. Anlayın beni ne olur. Sizleri çok seviyorum. Anlayın."

IV

OYUN

On üç yaşında bir çocuktum milislerin arasına katıldığımda. Sanki her şey sihirli bir oyundu. Gizli toplantılar yapıyorlardı. Ben uzaktan onların toplantılarını izliyor, konuşmalarını dinliyordum. Oyunda bana yer verilmeyişine içerliyordum. Önemli bir oyundan dışlanmış gibi görüyordum kendimi. Herkes saklambaç oynuyor, ben yokum. "Beni de aranıza alın," dedim ağabeyime. Ben şeker portakalındaki Zeze gibiydim. Ağabeyim durmadan kitap okuturdu bana. "Ne okudun anlat," derdi. Bende her okuduğum masalı, hikâyeyi büyük bir ciddiyetle anlatırdım ona. Sarı saçlarımı okşar, beni öpücüklere boğardı. En büyük ödülümdü öpücükler. "Tamam, Zeze" dedi bir gün. "Seni de oyuna alıyoruz. Küçük ve önemli işler yapacaksın." Babam beni kuzularımız, koyunlarımızı otlatmaya gönderiyordu. O yüzden çobanların hepsini tanıyordum. Birçoğu yurtseverdi. Milislerden çobanlara, onlar kanalıyla da dağa haber uçuruyorduk. Ben arada kuryelik yapıyordum. Eğlenceli bir oyundu.

Ağabeyim birçok arkadaşıyla dağa çıktığında ben lisede okuyordum. Bir erkeğin bana yaklaşmaya kalkması dayak nedeniydi. Herkesin kavruk esmer olduğu bir memlekette sarışın ve yeşil gözlü, dal gibi bir kız olmam tanrı örtüsüyle açıklanabilir miydi? Komşular anneme takılırdı: "Nereden aldın sen bu sarı çıyanı" diye. Annem her yıl kasabada panayıra gelen çingene kadınların beni getirdiğini söylerdi. Bazen inanırdım. "Gelip alacaklar," derdi annem. "Bu da onlar gibi deli. Tabanı yanıklardan. Bunun da gözü yollarda." Lise müdürü ve polis şefleri benden çekiniyordu. Çünkü beni takiple görevlendirilen polis, bir gece yarısı, kim vurduya kurban gitmişti. Beni uzaktan izliyorlardı artık.

Gitmeden önce edebiyat öğretmenime uğradım. "İstersen kaç buralardan, istersen tayinini iste. Ben gidiyorum. Hakkını helal et."

Bana "gitme" diyemezdi. Gururluydu. Sarıldık. Helalleştik. O gece yarısı kasabanın dışındaki bir höyükte buluştuk; altı arkadaş, yıldızların ışığında bir çoban kulübesinde bekledik. Dağdan gelen rehberin sayesinde ve uzun bir yolculuğun sonunda, sarp bir dağın koyağında bulunan kamp yerine ulaştık. Bugün bana yeniden dağlara git deseler gider miyim? Gitmem. Ben insan öldüremem. Bir cana kıyamam. Arkadaşlarım gözümün önünde can verdi. Sağ olanları da orda infaz ettiler. Ama yine de ben kimseyi öldüremem. Dağda bir buçuk yıl kaldım. Komutan koruması seçilmiştim. Belki dik başlı oluşumdan, belki cesaretimden. Gezmediğim dağ kalmadı. Birçok çatışmaya ben de katıldım. Ama ben kimseyi öldürmedim. Belki de beynimi buna inandırmak istedim, kim bilir. İnsan anımsamak istemediği olayları unuturmuş zamanla.

Dağda bir gün bir köylü getirdiler. Zavallı. Korkmuş bir adam. Tavuk gibi sinmiş kabuğuna. Şapkasının altında büzülmüş, titriyor. Dediler bu adam korucudur. Suçu çok büyük, cezasını sen vereceksin. Düşündüm. "Yapamam," dedim kesin bir dille. "Ben bu adamı öldüremem. Zaten yaptığından utanmış bir adama benziyor, konuşup ikna edebiliriz, sonuçta onlar da bizim insanımız. Onları yanımıza çekmek için yönetim de af çıkartmadı mı?" "Haklısın" dedi komutan. "Biz korucu ya da asker avlamak için elimize silah almadık. Hiçbirimiz sebepsiz adam öldürmek için de dağa çıkmadık, onları elbette kazanmak zorundayız." Büyük bir yük kalktı üzerimden.

Baharın kokusunu nasıl da özlemişim. Yeşil bir halı serilmiş sanki toprağa. Ekinler büyümüş. Ağaçlar gelinlik giymiş. Rengârenk. Sevinmem gerekirken ben niye hâlâ hüzün doluyum?

V
HASRET

Annem küstü bana. Gidiyorum diye. Elini öptürmedi. Oysa ona sarılmak, doya doya ağlamak istiyordum. Şimdi gözlerime dolan yaşlar da ne ola?

Annem bana küstü. "Bir daha geri gelme gidersen," dedi. Tedavimi yapmadılar, hâlâ yarı canlıyım, kucağında ölür giderim diyemedim. Anne yüreği bu, dayanır mı? Bunca yıl ağabeyimin yokluğuna, benim hasretime nasıl dayandı? Koklamaya doyamadığı kızını böyle mi uğurlamalıydı? On yıl boyunca benim için ne hayaller kurduğunu düşünebiliyorum. Hasretle yolumu gözledi. Günlerimi saydı. Dizinin dibinde oturacaktım. Eski "deli" kız olmayacaktım. Hayırlı bir nasibimi bulacaktı. Ailemize uygun, efendiden biri, memur... Düğün dernek, mürüvvetimi görecekti. Dantellerimi işleyecekti. Telli duvaklı gelin edecekti beni. Belki kafasında damat adayı bile vardı. Nerde... Bende eski tas eski tarak. Daha bir delilenmiş benim kızım. Zindan da uslandıramamış. Elinden gelse zincire vuracaktı, evden dışarı çıkartmayacaktı beni. Durmadan babamı suçladı: "Senin anlayışın yüzünden yoldan çıktı bunlar," dedi.

Babam gerçekten hoşgörülü davrandı. Ağladı ayrılırken. Ben de ağladım. Bu kararı vermeden çok düşündüm. Zorunluydum. Bu kararı almasam orada çürüyecektim. Onlar durumlarını kabullenmişlerdi. Ben yapamazdım. "Bizi unutma," dedi babam. "Seni çok seviyoruz. Zindandaymış gibi bize mutlaka yaz. Özgür olmanı ben de istiyorum. Burada bizim şartlarımız belli. Başın sıkışırsa bizi ara. Gerekirse gelip seni alalım. Biz yanındayız. Ben seni anlamaya çalışıyorum. Size engel bir baba olmadım. Sen de bizi anla kızım."

Canım babacığım, ağabeyim ve benim yüzümden az acılar, işkenceler çekmedin. Bize duydukları kini, nefreti çoğu kez sizlere kustular. Benim yiğit, duygusal babacığım, şimdiden sizleri çok özledim. Ama ben özgür olamazsam değerinizi de anlayamam. Sizi gardiyan gibi görmeye başlamıştım. Üç ayda neredeyse düşman gibi olmuştuk.

VI

KUŞATMA

Düşman.

Uykudaydık. Yaralılarımız çoktu. Amansız bir pusunun içindeydik. Dört bir yanımız kuşatılmıştı. Etrafı yüksek kayalarla çevrili sarp bir vadideydik. Kayaların içinde giriş noktaları sürünerek girebileceğimiz kadar dar, girişi küçük, içi büyük mağaralar vardı. Hevaller yaralılarımızın çoğunu böyle mağaralara saklamışlardı.

Biz en sona kalmıştık. Grupta on iki kişiydik.

Kış kampında sayımız binin üzerindeydi. Baharın gelmesiyle bütün birlikler bölgelerine dağılmışlardı. Biz Karadeniz birliği en sona kalmıştık. Bir de ana karargâh bölüğü vardı. Kampı sonuna kadar koruyan ve bölgelere sevkiyatın beyni olan bu birlikti.

Onlar operasyon haberini önceden almış ve ana karargâhı boşaltmışlardı.

Operasyon batıya geçmek isteyen beş-altı arkadaşın yakalanıp ağır işkenceler sonucu çözülmesi üzerine başlatılıyor. On bin kişilik bir askerî kuvvet bütün bölgeyi ablukaya alıyor. Ana karargâhtaki komutanlar durumu değerlendiriyor. Bölgeden çıkış yapma şartları yok. Çatışma çok kanlı sonuçlanacak. Onların sayısı kırktan daha az. Bizim geride kalan iki bölüğün sayısı yüz civarında. Kalabalık olduğumuz için sürekli açık veriyoruz. Ana Karargâh hepimizi ve bütün çatışmayı günlerce mevzilerini terk etmeden yüksek tepelerden izliyor ve iki birliği çatışma alanının dışına, güvenli bölgelere taşımak için çaba harcıyor. Araziyi, bölgeyi çok iyi bildikleri için gizli sığınaklardan birliği, dağın öte yüzüne taşıyorlar. Biz onlara ulaşmaya çalışırken açıkta gafil avlanıyoruz.

Önce kobralar başladı ateşe. Gökten ölüm yağıyordu. Bolu Komanda Tugayı'nın savaşta tecrübeli timleri arazinin dört bir yanına yayılmıştı. Helikopterler durmadan takviye birliklerle indirme yapıyordu. "Aşılamaz" diye düşündüğümüz deli çaylar ve derin vadiler, sarp kayalar hava yoluyla aşılmıştı bile. Hazırlıksız yakalanmıştık. Açıktaydık ve sürekli de açık veriyorduk. Bütün gözler üzerimizde olduğu için asıl aradıkları ana karargâhın gizlenmekte olduğunu sezememişlerdi. Bizler, çok iyi bildiğimiz vadiler, tepeler, dağlar arasında geceleri sürekli mevzi değiştirerek yirmi bir gün boyunca direndik. Şartlar olağanüstü eşitsizdi. Bizimle kedinin fareyle oynadığı gibi oynuyorlardı. Her gün birkaç arkadaşımızı kaybediyorduk. Avcı iken av olmuştuk. Dar bir bölgeye sıkıştırılmıştık. Yerimiz belirlenmişti. Havadan durmadan bombalanıyorduk. Bombaların parçaladığı kayalar, kayalara çarpan şarapnel parçaları binlerce mermi olup doluyordu bedenlerimize. On yıl önce bugün beni de gizlendiğim çalılığın yakınındaki bir kayaya çarpan bomba parçaları yaralamıştı. On yıldır metal parçalarına alışmıştım. Bedenimle kaynaştılar. Ayağımın içindekiler hâlâ çok etkiliyor beni. Yürüyemiyorum bazen. Anamı ağlatıyorlar yıllardır.

VII

KURTULUŞ

Kan, barut, duman. Her gece yer değiştirerek şaşırtmaca veriyor ve bir çıkış yolu arıyoruz. Göz gözü görmüyor.

Peş peşe düşüyor yoldaşlarım. "Dört yanım puşt zulası/Dönerim dönerim çıkmaz." Dönüp duruyoruz çıkmak için. Tam bir can pazarı. Kıyamet günü, genç kızların haykırışları. Tililili zılgıt sesleri. Küfürler, haykırışlar birbirine karışıyor. Yaralılar artık taşınamıyor. Mağaralara ulaşma şansımız bulunmuyor.

Kobralar ölüm kusmaya devam ediyor. "Yaralanmışsın" diyor Elif. İnce kızım, şairim. Kurşun kolumu sıyırıp geçmiş. Kanı durduruyoruz ince bir sargı beziyle. "Önemli değil," diyorum. Dayanmaya çalışıyorum. İçim acıyor. Önümde, yanımda bütün kışı birlikte geçirdiğim en yakın arkadaşlarım soluksuz düşüyor üzerime. O çatışmanın son günü çok kayıp veriyoruz. Ana karargâhtaki yoldaşların desteğiyle yapılan yarma harekâtıyla, iki bölüğün çoğunluğunun, Kato dağını aşıp öte yüze geçtiği haberi hepimizi sevindiriyor. Öte yüz kurtuluş demek. Kato dağı çok yüksek bir dağ, oraya ulaşabilmemize ihtimal verilmemiş. Yoldaşlar, bizim de başarabileceğimizi söylüyor. İnanmaktan başka çaremiz de yok. Ölümü bekleyemeyiz. Yirmi günde yirmiye yakın kaybımız var. Birçoğu yaralı halde kalan yirmi dört kişi Kato dağına tırmanışa geçiyoruz. Bu dağlara tırmanmak da ne zor iş!

Bazen kayaları yastık yaptığımız gecelerde arkadaşlarla hayaller kurardık. Dilekler tutardık. Başka şartlarda yaşasaydın şu an ne yapmak isterdin diye. Birçok arkadaş köyüne gitmek, anne baba ve kardeşlerine sarılmak, koklaşmak istediğini anlatırdı. Ben her zamanki gibi karmakarışıktım. Güneyli bir kadın vardı: Zozan. Oldukça kiloluydu. Yürümekte zorlanıyordu. "Ben ne mi istiyorum heval? Bu savaş daha uzun süreceğe benziyor. Acilen dağlar arasında teleferik yapmak isterdim. Böylece dağdan dağa geçmem kolay olurdu." Hepimiz o akşam ne çok gülmüştük.

Kolay olmuyordu. İyi ki gece hareketlenebiliyorduk. Komandolar mevzilerinde beklerken biz zirveye doğru yol alıyorduk. Kato dağı geçit vermez bir yükseklikte. Ben yaralananların içinde en iyilerden sayılırım. Zorlanıyoruz. Durmadan tırmanıyoruz. Rüzgâr, fırtına, çığ durmadan savuruyor bizi. Kar yüzümüze, gözümüze doluyor. Vadide bahar, zirvelerde kar var. Boşluklar. Birkaç arkadaşımız uçuruma yuvarlanıyor, kurtarıyoruz. Fırtına şiddetini artırıyor. Gece yarısını geçince dağı geçemeyeceğimizi acıyla anlıyoruz. Beş altı arkadaş el ele tutuşuyoruz düşmemek için. Soluksuz kalıyoruz. Zirvelerdeki oksijen azlığı da zorluyor bizi. Çiya geçit vermiyor!

Arkadaşların birçoğu benim gibi yaralı. Dayanma gücümüz tükeniyor. Dağın öte yüzüne, kurtuluşa ulaşamıyoruz. Karların içinde naylon çadırlar yapmaya çalışıyoruz. Bu minik damlara ağır yaralı arkadaşlarımızı bırakıyoruz. Dönüşte alacağız! Dönme şansımız olmuyor ne yazık ki. Takım komutanımız Hevi yiğit bir kız. Dağın öte yüzüne birkaç arkadaşıyla geçme şansı varken bizleri bırakmıyor. Bütün çabası yaralıları sığınaklara yerleştirebilmek, Zirvede karların altındaki damlarda konaklayıp gündüz gözüyle geçmeyi deneyelim mi diye tartışıyoruz. Gündüz gözü her alanda açık hedef olmamız demek. Kobralar anında imha eder hepimizi. Çaresiz geri dönüş kararı alıyoruz. Geriye. Ölüm çemberinin içine!

VIII

ÖLÜM ÇEMBERİ

Hevi yaralıların bulunduğu bizim grubu iki sağlam arkadaşla çalılık bir alanda bırakıyor. İki arkadaşı yanına alarak karargâha ulaşmak ya da bizlere sığınak bulmak için uzaklaşıyor. Bulamıyor. Asker, Ana Karargâh'ın depolarını ele geçirmiş. Bölgeye iyice yerleşmişler.

Hevi bütün gece yürümekten yorgun, bir kayanın arkasında uyurken yakalanıyor. Gün ağarmaya başlarken onları fark eden yirmi kişilik bir komanda timi tepelerine biniyor. Çatışmaya fırsat bulamadan yakalanıyor onlar.

Bizim saklandığımız çalılık çok yakında olduğu için bizi görmekte zorlanmıyorlar. Hevi'yi bekleyen arkadaşlar komandoları görünce mevzilenip atışa başlıyorlar. Dört bir yandan yüzlerce, binlerce kurşun yağıyor üzerimize. Şafak söküyor, gün ağarmaya başlıyor. Bizim kara günümüz. Her taraftan "teslim olun" sesleri duyuluyor. Beni her zaman koruyan, sırdaşım, dert ortağım Elif birden büyük bir korkuyla ayağa kalkıyor. Ellerini havaya kaldırıyor. "Teslim oluyorum" diyerek kalktığı an göğüs boşluğuna yediği bir kurşunla kucağıma düşüyor. Derinden bir "Ah" çektiğimi anımsıyorum. Onun yerine ben ölmüştüm o anda. Elif'in havaya kalkan elleri bir kuşun kanatları gibi iki yana düşmüştü. Cansız bedeni kollarımdaydı. Oysa ne hayallerimiz vardı. Zigana, Karadeniz, deniz, aşk. Gülizar boynundan aldı ölümü. Sara uykuya yatmış gibi. Ben Elif kucağımda ölüme kilitlenmişim. Üst üste üzerime devrilmiş yoldaşlarım. Askerler Elif'in bedenine sarılmış kollarımı zor ayırmış.

IX

ÖLÜME KİLİTLENMEK

Cezaevinde de yıllarca kendimi ölüme kilitledim ben. Neden ölmedim diye kahroldum durdum.

Amasya cezaevinde yatarken dağlara bakıp da az "ah" çekmedim. Şirin gibi tatlı canıma nasıl kıyamadım ben. Sevdiklerimin arasında ben de ölseydim. Ölseydim de bu hakaretleri, aşağılamaları yaşamasaydım, yaşamasaydım. Kendime geldiğimde altı arkadaş kalmıştık. Gözleri yuvalarından fırlamış bir asker elindeki taramalıyla rastgele kurşun yağdırıyordu üzerimize:

"Allah'ım ölmüyorlar. Efsunlu mu, yedi canlı mı, hâlâ ölmüyor bunlar!"

Arkadaşları zorla götürüyor çılgın askeri. "Kafayı iyice sıyırmış" diyorlar. Ciddi bir buhran geçirdiği ortada.

Omzumdan göğsüme doğru ılık bir sıvının boşaldığını hissediyorum. Kan. O anda iki kurşun yemişim. Bizi basının karşısına çıkardılar. Bitkindim. Gazetecinin biri, "Sigara ister misin?" dedi. Nefretle baktım yüzüne. "Korkma" dedi Kürtçe, "seni öldürmezler. Biz gördük." Korkuyordum. Ölmekten çok Elif gibi son anda çözülmekten korkuyordum. Çözülmedim çok şükür.

Bizi öldüreceklerine inanıyordum. O anda daha çok yaşamak isteği de uyanıyordu.

Gazetecilere gösterdikten sonra bizi birbirimize bağladılar. Kurt köpeklerini serbest bıraktılar. Hayvanlar kan kokusuna geliyordu. Hepimiz yaralıydık.

Hevi "kımıldamayın" dedi fısıltıyla. Kımıldamadık. "Aman yarabbi" diyordum içimden, "ne feci bir ölüm şekli!" Midem bulanmıştı. Başım dönüyordu. Uyur uyanık bir haldeydim. Köpeklerin bedenimi parçalayacaklarını düşünmek ne korkunçtu. Tüm bedenim titriyordu. Köpek dişlerini bedenimde hissetmek, düşünmesi bile acı veriyordu insana. Bereket Hevi'nin cesaretiyle herkes toparlanmıştı. Köpekler etrafımızda dolanıp durdular. Havladılar. O halde yaşlı bir komutan gördü bizi. Askerlere kızdığını, bağırdığını gördüm.

Bir de bütün kış kampta oyunlar oynadığım, yıldızlı gecelerde hayaller kurduğum, omuz omuza el ele halaya durduğum, içli sesleriyle türkülerini dinlediğim hevallerimin cansız bedenlerinin birer köpek leşi gibi üst üste atılarak traktör kasalarına yüklenişini...

Askerler bölgeyi terk ettikten sonra gizlendikleri yerden çıkan Ana Karargâh bölüğünden daha sonra yakalanıp cezaevine düşen arkadaşlar, bana gördüklerini anlatınca günler, geceler boyunca kustum. Şimdi de yazmaya elim varmıyor...

Gözümü açtığımda hastanedeydim. Şarapnel parçaları ve kurşunların çıkartılması gerekiyordu. Yaralı yakalanmıştım. Günlerce, aylarca hakarete uğradım. Aşağılandım. "Terörist kız, hem bize kurşun sıkacaksın. Hem de sana hizmet edeceğiz, size bakacağız ha!"

Omzumdaki kurşun ve omuriliğimdeki şarapnel çıkarıldı. Ama ayak ve tabanlarımda sayısız şarapnel parçası vardı. Yürüyemiyordum. "Ya itirafçı olup arkadaşlarının yerini bildireceksin, ya da tedavini yarıda keseceğiz!"

Ben zaten yaşamıyordum ki.

Elif'le birlikte ben de ölmüştüm.

Tedaviyi yarıda bıraktım.

Dinlenmem gerekiyordu. Ayaklarımı yere basmamalıydım. O halde, yarı sakat, kendimi cezaevine, arkadaşlarımın yanına zor attım.

Yanında bomba patlayınca ağzını açık tutmazsan kilitlenirsin. Ben de ölümün karşısında kilitlenmiştim. Dört yılın sonunda yeniden deli gibi okumaya ve hayata sarıldım.

On yıl önce bugün yaralandım.

Yaram kalbimde kanıyor hâlâ.

On yıl sonra bugün kara trenle özgürlüğe yol alıyorum.

Nisan 2006, Beyoğlu

YOLLAR III

MAVİ

Onu şafağın kızıllığında kara trenden alıp bilinmez bir geleceğe götürenler, onun hayallerini de savurabildi mi acaba sabahın karayeline? Gözleri bana bakarken umutla doluydu. Gözleri emanetimdi. Emanetine gözüm gibi bakacağıma söz vermiştim.

Onun umudu ölümün ve öldürmenin, gözyaşının olmadığı gelecek güzel günlere dairdi. Çocukluğunun mavi düşlerine...

Gözleri "yaşamak istiyorum" derken vurulan Elif'in, kızımın ve ıssız dağ başı kasabalarına kimlik tespitine gittiğimde; soğuk morglarda ya da küf ve rutubet kokan hastane bodrumlarında gördüğüm, gençliğinin baharında hayata doyamamış, dudaklarında ince bir gülümseme ile yaşama veda eden kızların gözlerine ne kadar çok benziyordu.

O ölüme kilitlenirken Elif'in gözleriyle hayata tutunmuştu. Ben de dünyaya onun umut dolu gözleriyle bakmayı öğrenecektim. Defteri okuduğum o gece sabaha kadar uyuyamadım. Düşlere dalmışım bir an.

Elinde dumanı tüten kahve fincanıyla eşim karşımda duruyordu. "Günaydın bey" diyordu. "Baktım rüyanda çok mutluydun. Uyandırmaya kıyamadım."

"Çok olmuştu kızımla dertleşmeyeli," dedim. "Bir de son gelişimde kara trende karşılaştığım, birlikte yolculuk yaptığımız sarı kızı düşünüyordum. Onu o gece alıp götürdüler. Bir emaneti bende kaldı, hâlâ gelmedi. Onun adını bile bilmiyorum. Ya o beni aramak istese bile nasıl bulacak koca İstanbul da. İki çift laf bile edemedik onunla. Dün bir gazetede ona çok benzeyen bir kızın resmini gördüm, kalbim sıkıştı bir an. Bir ev baskınında. O muydu değil miydi emin olamadım. Bazen senin yüzünde bile kızımızı görüyorum. Hayaller, cisimler karışıveriyor beynimde. Onun yazdıklarını okudum dün gece, kafam karıştı. Meğerse hiç anlamamışım kızımı. Unuttuğum bir şeyi yeniden anımsadım. Yıllarca tek amacım kızımı ölü veya diri bulmaktı. Ama kızım ne çocuktu ne de sokakta yolunu kaybetmişti. Çiğdem'in de düşleri ve umudu vardı. Ateş düştüğü yeri yakıyor ama yangın hepimizin yüreğinde. Bu topraklar her gün savaşta ölen onlarca asker ve militanın kanıyla yıkanıyor. Yüzlerce ana babanın bağrı yanık gözü yaşlı."

"Ben kızımı nerede bulacağımı biliyorum artık hanım."

"Nerede," diyor karım umutla. "Neredeyse ben de yanına gidip yüzünü gözünü koklayayım."

Mis gibi kokan kahvemi yudumlarken eşimin gözleri sevinç ve minnettarlık hisleriyle dolmuştu. Çiğdem dizinin dibindeymiş de usulca saçlarını okşuyormuş gibi heyecanlıydı.

"Kızımız," diyorum, "düşlerinin içindeki bir masal ülkesinde yaşıyor. Orada mutlu. Canlı. Çünkü umudu var. Onların akan kanı toprağı suladıkça acımız çoğalıyor. Kardeş kardeşe gitgide düşman kesiliyor. Oysa bizler gözyaşlarımızı ağıtlarımızı barış umuduna dönüştürürsek, akan kanı durdurabilir evlatlarımıza kavuşabiliriz. Ben umutluyum hanımım."

"Yarın yeniden yollara çıkacağım. Nerede bir havar, nerede bir ağıt yakılıyorsa ben de orada olacağım. Cenazede taziye evinde o acıyı paylaşacağım, bir gün bu ortak acılar bitsin, barış gelsin diye dua edeceğim ben de. Barış hayal olmasın diye, yarın daha geç olmadan..." "Çiğdem gibi benim de umudum var artık. Hanım. Yarın yollara çıkacağım yeniden."

"Kara tren, beni özgürlüğe bu sefer de sen götüreceksin!"

Haziran 2007, Kadıköy

SEVDA

İçinde uçtuğum gözlerin
Yolların gidişine
Dünyanın dışında
Bir anlam verdi

Paul Eluard

KULE VE MARTILAR

Dün akşam Galata Kulesi'nden seyrettim İstanbul'u. Sol yanımda kocaman bir boşluk. Sen yoktun. Uzaklardaydın. Ve ben yıllardır alıştığım sıcaklığını kanımda, iliğimde hissederek, her anı birlikte yaşıyormuşçasına anıların izinden yürüdüm. Uzun bir süre kulenin çevresinde dolanıp durdum. Sol yanımdaki boşluk, o sıcak dokunuşun yokluğu her aklıma geldiğinde, aniden önüme çıkarak o kocaman gülümsemenle beni şaşırttığın anları düşündüm. Taş merdivenlerin altından sıçrayışını. "Ben buradayım sen neredesin dalgın adam" deyişini.

Ben bildiğin gibi yine hüzünlü ve yalnız yürüyorum. Anıların içinde. Kaldırım taşlarını sayarken düşünüyorum. "Kulenin bahçesindeki pınarın suyu neden akmıyor?" diye sormuştun. "Su parasını ödeyememişlerdir bizim gibi" demiştim. O zamanlar duvarları nem kokan bir bodrumda oturuyor, ev kirasını, su parasını ödeyemiyorduk. Bizim gibi olmalarına üzülmüştün kule sakinlerinin. Susuz kurnanın önünde taşların üzerinde oturup kuleye ve gökyüzündeki martılara bakarak, gelecek güzel günlerin hayalini kurardık. Saçlarının yasemin kokusu, nefesinin ılık buğusuyla harmanlanıp başımı döndürürdü.

Dünyanın en eski kulesi bizim buluşma yerimizdi. Tarihini ezbere biliyorduk; Cenova dilinde yokuş demek olan Galata, ilk önceleri bir fener kulesiyken işgalcilerden korunmak için surlarla çevrilmiş ve büyütülmüş. Fatih Cenevizlilerden kaleyi teslim alınca ilkönce kulenin tepesindeki haç'ı yıkmış, bölgeyi Türkleştirmiş ama adına dokunmamış: İsa kulesi. Kasımpaşa tersanesinde çalıştırılan esirlere barınak ve zindan olarak, gemi ambarı, gözetleme ve yangın kulesi olarak kullanılmış. Bizim gibi o da çok değişimler geçirmiş. Yanmış, yıkılmış, parçalanmış. Topları bile koruyamamış, galata şehrinin kapıları, avlusu, denize ulaşan sur duvarları çoktan göçüp gitmişler. Kulenin gökyüzüne doğru heybetli yükselişine baktıkça sen geliyorsun aklıma. Senin o saf kişiliğin, dimdik duruşuna benzetiyorum onu. Oysa ben kulenin ayakları altında, senden çok uzaklarda paramparçayım. İlk depremde iskeleti çöken, harcı kumu dağılmış bir enkaz yığınıyım sanki...

"İnsan ilişkilerinin bile paraya dönüştüğü bu şehirde yaşamak istemiyorum" demiştin. Temiz kalmak önemliydi bu kirlenmiş dünyada. Her şeye rağmen, özünü yitirmemek, insanlık için bir şeyler yapabilmek önemliydi.

Seninle martılara özenirdik bir zamanlar. Sen özgür martı Jonathan Livingston olmayı başardın sonunda. Ya da küçük Karabalık, ben hâlâ kuledeyim. Zindanda. Sürünün içinde. Yapayalnız ve çaresizim. Senin kadar cesur olamadım sevgilim. Martı olsaydım dağlar, tepeler, uzaklıklar dinlemez senin sıcaklığınla baş başa olurdum. Üşüyorum.

Galata, semaya yükselen kulesi, akşam güneşinde yanan altın rengi pencereleri ve gökyüzünde kanat açmış martılarıyla beni hasetten çatlatıyor. Martılara ve sana yakın olma isteğiyle merdivenlere doğru yürüyorum. Sağda kapı girişinde kartpostal ve hediyelik eşyaların satıldığı bölümden bir çakmak almıştım sana. Üstünde el yazısıyla "Seni tutamadığım yağmurlar kadar seviyorum" yazılıydı. Aynı çakmaktan alıyorum. Belki bir gün karşılıklı tütün içeriz.

Kulenin içinde büyük pencerelerin altında Boğaz'ı seyrederek çay içtiğimiz zamanları düşünüyorum. Şimdi sen belki de orada ateşte çay demlemiş, bağdaş kurarak oturmuş kitabını okuyorsun. Bulunduğun köy kapsama alanı dışında. Oysa senin o billur sesini duymayı ne çok isterdim. "İyi ki telefon yok" demiştin. "Hiç olmazsa mektup yazarsın. Yazı kalbin aynasıdır. Ben de senin kalbinden geçenleri okurum hiç olmazsa."

Dün akşam senin gözlerinle baktım İstanbul'a sevgilim. Sen uzaklardaydın. Başımda martılar uçuşuyordu ve ben kulenin korkuluklarına tutunarak İstanbul'un doyumsuz güzelliğini seyrediyordum. Sen kollarımdaydın. Serin bir rüzgâr saçlarını dağıtıyor sen daha çok sokuluyordun. "İstanbul'a alışan başka bir yerde yaşayamaz" demiştim. Boğaz yalıları, köprüleri, sandalları, balıkçılarıyla yine göz alıcı bir güzellik içindeydi. Akşam güneşi denizin üstünde, gemilerde, balıkçı teknelerinde rengârenk görüntüler oluşturuyor. "Gemiler geçiyor allı yeşilli." Dilimizde Boğaziçi şarkıları:

"Biz Heybeli'de her gece mehtaba çıkardık / Sandallarımız neşe dolar zevke dalardık." Fasıl gecelerinde kanun ve keman taksimine hüzünlü yüreklerimizle eşlik ederdik. "Öleceksek ölelim, daha içelim hey."

Akşam kızıllığı boğazı tümüyle kucakladı. Güneş batmaya hazırlanırken bile 'kırmızı bir gül gibi rengini sulara akıtarak' yavaş yavaş kayboluyor. Ben yalnızlığımın içinde tarihi taş binaların arasında küçülüyorum. Kulenin ışıkları yanıyor. Gecenin gizemli güzelliği çöküyor şehre. Uzaktan ışıl ışıl yanıyor kule. Gecenin içinde bir dost sıcaklığı gibi.

Bu şehri İstanbul'dur. Bizim İstanbul'umuz sevgilim. İçinden 'zafer şarkılarıyla' geçtiğimiz şehir. Tersaneleriyle ünlü Haliç, öksüz bir çocuk gibi uykuya hazırlanıyor. İki yakasında işçi mahalleleri, güneş Eyüp Cami'nin üzerinde renk cümbüşü içinde kızıldan maviye ve laciverde dönüşerek sönüyor. Eminönü, Mısır Çarşısı, Sirkeci Garı, Gülhane, Ayasofya, Sultanahmet ve Süleymaniye minareleri ve kubbeleriyle yavaş yavaş karanlığa gömülüyor. Beyoğlu sokaklarında, lokanta önlerinde, kuytuluklarda tiner-bali çekip lokanta önlerinde, mazgallarda titreyerek yatan 'çocuklarınla bekle bizi İstanbul'. Beyoğlu'nun arka sokaklarına baktıkça şatafat ve karanlık arasındaki uçurumu daha iyi görüyorum.

Aslında sen haklıydın. İnsan nasıl yaşarsa öyle düşünüyor. Bu hayat sonunda bizi de bencilleştirmişti. Gece yarıları fasıl sonrası Beyoğlu'nda gezerken bir kenarda keman ya da saz çalanlara uzak bir acımayla bakar olmuştuk. Kredi kartları, taksitli, sudan ucuz alışverişler, şunu da alalım, çalışmıyor muyuz? Özel bir dershanede bütün gün iflahım kesiliyor. Üstüne bazı günler özel ders. O çocukların kaprisleri de cabası. Yorgunluğu akşamları rakıyla, şarkılarla atmaya, yaşadığımız rezilliği unutmaya çalıştığımız bomboş günler... Alışmak değil de sevdiğine katlanmakmış seninki, yine de iyi dayanmışsın. Yıkılarak eve döndüğümüz bir gece, "Çürümeye başlıyoruz, farkında mısın?" demiştin. Ben de gayet pişkin bir edayla yanıtlamıştım: "Hayır, baksana parlıyoruz. Cilalanıyoruz. Sen keyfine bak. Herkes evinde uyurken biz serserilik yapıyoruz. Evde oturan çürür, bak biz sokaklardayız." Acı acı gülmüştün.

Gidişinin o acı gülüşte saklı olduğunu görmeyecek kadar kör ve bencildim demek.

Birazdan kulede eğlence faslı başlayacak, sofralar donatılacak. Türk işi kebaplar, mezeler, salatalar, envai çeşit yemekler ve içkiler masaları süsleyecek. Sazlar çalarken keman inleyecek, şarkılar söylenecek ve dansöz en kıvrak danslarını sergileyecek. Harem Show başlarken şampanyalar patlayacak ve tarihe kadeh kaldırılacak. Bizim gibi tarih de çürüyor sevgilim. Ben de eğlenceye katılabilirim. Rakı içip dansözle karşılıklı göbek atabilirim. Ama sensiz eğlenebileceğimi hiç sanmıyorum. Kanatlı kapıdan çıktığımda akşamın ayazı karşılıyor beni. Yalnızım ve üşüyorum. "İnsan alışkanlıklarının esiridir" demiştin. "Rahata alışan rahatın esiri olur. Giderek de yalnızca kendisini düşünür. Dünyayı, insanlığı, felaketleri unutur, kendi dünyasına dalar, bunun için insanlığımızı yitirmemeliyiz aşkım. Üstümüz başımız pislik içinde, bari içimiz..."

Kulenin çevresini dolanıp sur kalıntılarını anımsatan yıkık duvarların dışına çıktım. Tophaneye dönen yolda dar merdivenleri inerek çay ocağına vardım. Fıskiyeden akan suya bayılırdın sen. Sol yanımda yine sıcaklığın var. Arap garson, beni yalnız gördüğünde halimde bir gariplik varmış gibi acıyarak bakıyor. Babacan bir tavırla da üzülme der gibi boyun büküyor. Biz biliriz bu halleri anam babam. Biz de geçtik bu yollardan.

Demli çayımı yudumlarken sokakta oynayan çocuklara bakıyorum. Tophanenin kara çocukları. Ben de onlardan biriydim. Hacı Hüsref mahallesinde yalımı gökyüzünü kucaklayan ateşler yakardık her gece. Yüzümüzü yaksa da hayranlıkla seyrederdik ateşi. Üstünden atlamakta yarış ederdik. Ateş arınmaktır! Derdik.

Akşam iyice çöktü sevgilim. Çocuklar birer birer çekildiler sokaktan. Evli evine, köylü köyüne, evi olmayan...

Sensiz bu ellerde çok garibim. Yalancı dostluklar tatmin etmiyor beni.

İstanbul bile dar geliyor bana. Şarkılar ruhumu dinlendirmiyor artık. Acımı büyütüyor, sana olan hasretimi.

"Martı olup uçamazsan çürüyüp gideceksin". Bu senin çağlayan sesin.

Bahar kavuşma mevsimidir unutma!

Mektubumla birlikte bir gün ansızın beni karşında görürsen sakın şaşırma.

Bil ki o gün yalnızca buluşma günü değildir.

Kule gibi onurlu, martılar gibi özgür olduğum, gemileri yaktığım gündür.

Bekle beni sevgilim...

Mart 2006, Beyoğlu

SARYA

Ömrü yollarda geçmeyenler bilmez. Yollar türkü söyler. Önce neşeli, oynak, sonra ağır, kasvetli, hüzünlü, Asfaltta dönen tekerlekler, ninni söyleyen bir anne gibidir. Uyku gelip göz kapaklarına yerleşir. Gözün açıktır hâlâ! Uzaklara dalıp gidersin.

Hayal âleminin içinde yolların türküsünü dinlersin.

On beş tonluk yüküyle ağır Man kamyonu, dans eder gibi dönemeçleri hızla kıvrılıyor, düzlükte tam gaz yol alıyordu. E-5 karayolunda seyreden araçlar bu gündüz sarhoşunun hareketlerine bir anlam veremiyor, el kol işareti yapanlar, selektör yapanlar, klakson çalanlar gitgide çoğalıyordu.

Yirmi beş yaşlarında Göztepeli Tunay, gözlerini bir noktaya dikmiş, kamyonun ağır direksiyonuna yapışmış öylece bakıyordu. Uzaktan bakıldığında bir anıtı, hareketsiz taştan yapılmış bir heykeli andırıyordu. Sarışın, kısa saçlı, uzun boylu, zayıf, atletik bir yapıya sahip olduğu her halinden belli olan kamyon şoförü, geniş ve kemikli elleriyle direksiyona can simidi gibi yapışmıştı. Durmadan aynı sözleri yineliyordu.

"Ölüm güzeldir! Ölüm güzeldir!"

Topkapı Ambarlardan yükünü sardıktan sonra yola çıkmış, Kartal, Pendik, Çayırova'yı çoktan geride bırakmış Gebze'ye doğru yol alıyordu. Yolu oldukça uzundu. Fakat onun ne trafiği ne yolu ne de karşısındaki araçları görecek hali vardı. Boğazına yumruk büyüklüğünde bir düğüm saplanmıştı. Sevdiği kızın, Sarya'nın, uzun siyah saçları sanki boğazına dolanmış bütün gücüyle onu sıkıyordu. Bir an Sarya'nın sıcaklığını bütün bedeninde hissetti. İliklerine kadar ürperdi. Heyecanlandı. Onun yumuşak teninin dokunuşu, soluğunun alevi bir anda bütün bedenini kaplamış, ruhunu ısıtmıştı. "Sarya," diye iniltiye benzer bir ses çıktı dudaklarından. Sarya...

Karşıdan gelen bir tırın acılı siren sesi onu kendine getirdi. Yolun sağından karşı şeride geçmişti. Tırın altında kalmaktan son anda kurtulmuş, direksiyonu bütün gücüyle sağa kırmıştı. Elini hızla alnına vurdu. Ne yapıyorum ben! Ani direksiyon kırmasıyla ağır kamyon sağa doğru yatar gibi olmuştu. Yeniden sola kırarak kamyonu toparladı. Arkadan gelen araçlar durmadan korna çalıyordu. Vitesi küçülttü. Kamyonun sol camını sonuna kadar indirdi. İçeriye dolan acı bir yel yüzünü yalayıp geçti. Gebze'nin fabrikaları uzaktan görünmüştü. Hava oldukça rüzgârlıydı. Yağmur belli belirsiz aralıklarla çiselemeye başlamıştı. Rüzgârın uğuldayan sesi, tıraşı iyice uzayan yüzünü yalayan yağmur taneleri, onu biraz kendine getirmişti. Sakinleşmeye çalıştı. Torpidodan sigara ile çakmağına uzandı. Şimdi yolun sağından gidiyordu. Kolunu cama yaslamıştı. İkinci viteste ağır ağır ilerliyordu kamyon. Tunay sigarayı yakarken büyük ve kemikli ellerine baktı. Elleri hâlâ titriyordu. Sigaranın dumanını bütün gücüyle içine çekiyordu. Sarya da böyle içine çekerdi sigarayı, diye düşündü. Ondan öğrenmişti. Bazen gülerek dumanı yüzüne üflüyordu. Bir de sigara dumanıyla havada halkalar çıkarmayı çok seviyordu Sarya.

Onun kara gözlerini, kalın etli dudaklarını, yumuşak tenini, sıcaklığını nasıl da özlemişti. Bazı günler –Sarya'nın evden izin aldığı nadir günlerde– onunla deniz kenarına ya da ormanlık tenha yerlere giderlerdi. Sarya, başını onun göğsüne yaslardı. Parlak siyah saçları upuzundu, kalçalarına kadar iniyordu. Tunay onları eliyle tarar, uzun uzun öperdi. Sarya bedeninin ayrılmaz bir parçası gibi olmuştu. Onun dünyalar güzeli yüzüne baktığı zaman bütün sıkıntılarını dertlerini unutuyor, yüreği coşkuyla doluyor, içini bir sevinç dalgası kaplıyordu.

Sarya'yı tanıdıktan sonra mahallenin bıçkın delikanlısı çok değişmişti. Bir kere eskisi gibi çok içki içmiyordu. Çok efkârlandığı günlerde ise (kızın babasının eve döndüğü günlerdi bunlar) kendini kaybedene kadar içiyor, bazen kamyonun içinde sızıp kalıyordu. Eskiden her sefer dönüşünde eve uğramadan doğruca kahveye, arkadaşlarının yanına gider, gece geç saatlere kadar okey ya da yanık oynar ya da Selami'nin meyhanesinde kafa çekerdi. Kendini ait hissettiği bu dünyanın içinde yolların yorgunluğunu unutur, uyuşmuş bedeni rahatlardı. Gece yarısı eve döndüğünde yaşlı anne ve babası ile pek konuşmazdı. Annesinin özlemle sarılmasını aynı sıcaklıkla karşılar, başını her zaman lavanta kokan saçlarına gömer, giderek küçülen bedenine sarılırdı. Eve her dönüşünde ona gittiği şehirlerden ufak tefek hediyeler getirirdi. Annesi onları özenle saklardı, onun yokluğunda sarılıp öperdi birçoğunu. Tunay'ın kokusunu arardı. O rakının, biranın derin sarhoşluğunda sızmış uyurken annesi, çiçek işlemeli mendiliyle terleyen alnını, yüzünü siler, onu kazalardan koruyup kendisine bağışladığı için tanrıya şükrederdi. Onun uzayan sakallarını, aralık dudaklarını, soluk alıp verişini, yarı açık gözlerini hasretle seyreder, seyrederken onu her defasında küçük bir çocuk gibi göğsüne gömer, bütün sıcaklığıyla onu kucaklardı. Tunay, onun gözlerindeki sevgi sağanağından her an nasibini alırdı. Annesi onu gözleriyle okşar, sever, giydirir, dualarla yolculardı her zaman.

Belki de binlerce ölümün içinden onu çekip alan, annesinin bitip tükenmeyen dualarıydı. Babası çocukluğundan beri evde içmeyi seviyordu. Annesi bir kez olsun şikâyet etmeden ona hizmet ediyor, özenle içki sofrasını hazırlıyor, haram olduğuna inandığı halde bazı geceler ona eşlik ediyor birlikte el ele şarkı söylüyorlardı. Bazı geceler Tunay da onlara katılıyor, babası neşeli şarkılar söylediğinde zorla annesini kaldırıyor, onunla karşılıklı oynuyor, dans ediyordu. Nasıl olsa babasının emekli maaşı onları geçindirmeye yetiyordu. O da eve para bırakıyordu. Başka da paylaştıkları ortak bir şeyleri kalmamış gibiydi.

Bir yıldır her sefer dönüşünde önce Sarya'ya gidiyordu. Sarya'nın annesi ve küçük kardeşleri, zamanla bu sarışın çil yüzlü, uzun suratlı genç delikanlıyı benimsemişler, ev halkının bir parçası gibi görmeye başlamışlardı. Ne de olsa o da evin babası gibi arada bir geliyordu. Baba şehrin dışındaki kömür ocağından yorgun ve bitkin genellikle de elleri bomboş dönerken, Tunay elinde hediye paketleriyle dolu geliyordu. Evdeki bütün çocuklar Tunay ağabeylerinin ablalarını sevdiğini biliyorlardı. Bir keresinde ortanca kız –on yaşındaydı– "bize ne getirdin enişte?" diye sorunca Sarya ona çok kızmıştı. "Sus kız" demişti kardeşine. "Babam duyarsa öldürür beni." Sarya'nın babası Kemerburgaz'da bir kömür ocağında çalışıyordu. Baba haftanın iki günü evde kalıyor diğer günlerini ocakta geçiriyordu. Sarya'nın babası da, bu yoksul gecekondu mahallesindeki komşularının oğlunu, bu iyi kalpli genç delikanlıyı sevmişti. Karşılaştıkları zaman bahçede oturup onunla uzun uzun konuşuyordu. Mahallede kendi akrabaları dışında onlara yakınlık gösteren başka komşuları da yoktu zaten. Onlar Tunay'ın bugüne kadar görmediği, tanımadığı bir yerden, başka bir diyardan buraya gelmişlerdi. Daha doğrusu; o çok sevdikleri yurtlarını, köylerini bırakmak, göç etmek zorunda kalmışlardı. En büyük çocukları Şeyhmuz orada kalmıştı. Baba oğlunu anlatırken gözleri yaşarıyordu. Bir yandan da gururlanıyordu. "Benim oğlum aslandır," diyordu, "o vatanını bekliyor." Tunay önceleri askerde olduğunu düşünmüştü ağabey in.

"O bir hevaldir." demişti bir akşam babası. "Ona benim canım fedadır."

Tunay, uzun süre bu konuyu kafasında çözememişti. Mahalledeki diğer komşuların onlara mesafeli davranışları, evde konuşulan dil... "Kürt bölgesi, kirli savaş, devletin baskısı, heval." Bugüne kadar hiç kafasını yormadığı, üzerinde hiç düşünmediği sözcüklerdi bunlar. "Doğuda birtakım eşkıyalar, başıbozuk teröristler devlete karşı çıkıyor, zavallı çoluk çocukları ve savunmasız askerleri pusu kurup kalleşçe öldürüyorlardı." Tunay'ın bütün bildiği bunlardı. Ve o gazetelerden, televizyon yayınlarından öğrendiği kadarıyla vahşi ve gaddar olan bu insanları sevmiyor, dahası nefret ediyordu. Askerliğini o bölgede yapmış olsa, o da, her Türk askeri gibi vatanını korumak için o teröristlerle çarpışır yurdunu savunurdu.

O askerliğini Ege'nin şirin bir sahil kasabasında yapmıştı. Denizciydi. Ve askerdeki yaşantısı sivil hayattan farksızdı. Ne savaş vardı ne de ölümler...

Kamyon yılan gibi kıvrılan yollardan hızla aşağıya doğru yol alıyordu. Tunay biraz olsun kafasını toparlamıştı. Üst üste yaktığı sigaralar, unutturmak bir yana Sarya'yı daha da çok gözlerinin önüne getiriyordu.

Başının belaya gireceğini bile bile ona olan sevgisini dile getirmekten çekinmemişti. Sarya ona inanmamıştı. "Cesaretin yoktur, yapamazsın" demişti. Onu ilk kez, bir sefer dönüşünde bakkaldan sigara almaya gittiğinde görmüştü.

O da başında uçları işlemeli siyah beyaz bir puşi ile küçük kardeşinin elinden tutarak evlerine bir şeyler alıyordu. Tunay, onun siyah saçlarının ortasında dolunay gibi parlayan yüzüne, iri siyah gözlerine, dolgun kırmızı dudaklarına bakarken donakalmıştı. Çarpılmış gibiydi. "İşte benim evleneceğim kız bu!" dedi o anda. Bunu ona kim söyledi bilmiyordu. Sarya ona "ne bakıyorsun" der gibi sertçe bakmıştı. Fakat delikanlının saf ve masum yüz ifadesi kızın suratındaki kızgınlığı geçirmeye yetmiş, hafifçe, belli belirsiz gülümseyerek başını yere eğmiş ve aldığı yiyecekleri siyah naylon poşete hızla doldurarak, (tıpkı bir serap gibi) bakkaldan çıkmıştı. Tunay, o günden sonra hep onun yolunu gözetlemişti. Yük kamyonunu kapının önüne çekmiş, bir iki hafta hiç yük almaya gitmemişti. Şehir içinde yük çıkarsa gidiyor yoksa kahvede, evde, camın önüne oturup Sarya'yı gözetliyordu. Evleri kendi evlerine oldukça yakındı. Köyden mahalleye yeni gelmişler, bahçeli küçük bir gecekonduya taşınmışlardı. Sarya'nın üç tane daha kız kardeşi vardı. En küçükleri beş, Sarya ise on yedi yaşındaydı. Ev işlerinde hasta annesinin yardımcısı, çocukların küçük annesiydi.

Tunay, evden nadiren dışarıya çıkan Sarya'yı görmek için anne ve babasını, yeni gelen komşuları ile tanışmaya gitmeye zorla ikna etti. O akşam çay içerken de kızla konuşma fırsatı bulamamış, yalnızca hayran hayran yüzüne bakabilmişti. Kızın babası Türkçeyi askerde öğrenmiş, zorlanarak konuşuyor. Ama yoksul evlerine komşu ziyaretinden çok memnun. Defalarca "Hoş gelmişsiniz", "Başım gözüm üstüne" diyor. Anne sofra kurmak, yemek getirmekte ısrar etse de Tunay'ın annesi çay içmek istediklerini söylüyor kibarca. Sarya mutfakta çayı demlemeye giderken Tunay hep onu izliyor. Uzun saçlarını kapatan renkli başörtüsü güzel yüzünü iyice açığa çıkarmış, gözlerinde belli belirsiz sevinç kıvılcımları, Tunay'ın onu görmek istemesinden memnun, gözaltından gizlice bakışıyorlar. Onlar kendi dünyalarında göz göze, gizlice tanışırken Tunay'ın babası, pahalılıktan, geçim sıkıntısından yolların bozukluğundan söz açıyor. Anne koluyla dürterek ikaz ediyor çok konuşmaması için. Araya giren suskunluk anında Sarya'nın oldukça uzun boylu, kalıplı, pos bıyıklı bir adam olan babası konuşmaya başlıyor. Adamın çok dertli olduğu, çok zor konuşmasına rağmen çektiği acılar yüzünden okunuyor. Komşum dediği Tunay'ın babasına, köylerini, oradaki dirlik düzenlerini anlatıyor. Arazileri bereketli ve çok sulakmış. Orada sığırları, davarları, geniş otlakları ve ekip biçtikleri tarlaları varmış. "Peki, niye bırakıp geldiniz o güzelim memleketi?" diyor Tunay safça. Babası da doğruluyor soruyu. "Şimdi köyümüz yok komşum" diyor Sarya'nın babası gözleri yaşararak. "Virane olmuştur. Baykuşlar, akbabalar dolaşıyor üstünde. Yakılıp yıkılmıştır, haritadan silinmiştir."

"Neden komşum?" diye söze karışıyor Tunay'ın annesi. "O teröristler mi yaktı yoksa köyünüzü?" Terörist sözü ortalığı soğutuyor bir anda. O ana kadar hep suskun kalan ve hiç konuşmayan Sarya'nın ve annesinin öfkeden yüzü kızarıyor. Soru ortada öylece kalıveriyor. Kimse ne olduğunu anlamıyor. Suskun oturuyorlar bir süre. Sarya'nın annesi dayanamıyor, suskunluğunu bozuyor:

"Komşu, senin terörist dediğin bizim çocuklarımızdır. Onlar boşuna dağa çıkmamıştır. Köyümüzü, evlerimizi de devletin jandarmaları emirle gelip yakmışlardır. Neden dersen, komşu oralar buraya hiç benzemez. Orda savaş vardır. Savaş acımasızdır. Savaş fenadır, kimseye hayrı dokunmamıştır, dağlarımız her gün bombalanmaktadır. Gece sokağa çıkamayız. Otlaklarımız, ormanlarımız yanmakta, sığırlarımız, insanlarımız, çocuklarımız ölmektedir. Orada tarafsız kalamazsın. Köyümüzün gençleri dağlardadır. Dağa çıkmayanlar devlet tarafından gözaltına alınmaktadır, işkencede ölmektedir. Köyün yaşlıları, kadınları, kızları dövülmektedir. 'Siz teröristleri barındırıyorsunuz' diye. Gece uzaktan benim oğlum ziyarete gelmiş, benim akrabam gelmiştir. Başım gözüm üstünedir. Ben çocuğumu sokağa mı atayım? Onlar istiyor ki ben silah alıp onlarla savaşayım. Ama, ben kendi çocuğuma nasıl kurşun sıkarım?"

Sarya'nın annesi yüzünde derin çizgilerle sustu. Yüzünü yere eğerek bir daha da konuşmadı. Başında siyah bir başörtü, üzerinde uzun siyah bir elbise vardı. Hep yastaymış gibi giyinir, yüzündeki mahzun, hüzünlü ifade hiç değişmezdi.

Sarya'nın babası, karısının sözünü kaldığı yerden tamamladı:

"Komşum, devlet bizden bunu istemektedir. Siz çocuklarınızı ele vereceksiniz. Onlara kurşun sıkacaksınız. Siz insan avcısı olacaksınız. Biz bunları kabul edemezdik. Etmedik de. Altı yıl boyunca baskı yaptılar. İhbarcı da korucu da olmadık. Bize olmadık küfür, hakaret ve işkenceler yaptılar. Çevremizden birçok köyde insanlar, baskılara dayanamayarak devletten silah almak zorunda kaldılar. Bizim köyümüz coruculuğu kabul etmedi komşum. Biz ihaneti kabul etmedik.

Yağmurlu bir gündü. Jandarma, özel tim hepsi gelmişlerdi. Komutanları çok kızmıştı. Çoluk çocuk hepimizi köy meydanına dizdiler. Yağmur sicim gibi yağıyordu. Yerler çamur içindeydi. Komutan bize olmadık hakaretler ediyordu. Üzerimize ateş açtılar. Bizi korkutmak yıldırmak istiyorlardı. Çocuklar ağlamaya, kadınlar bağırmaya başladı.

Askerler arama yapma bahanesiyle ellerine geçirdikleri kazma ve baltalarla evlerimizin duvarlarını yıktılar, eşyalarımızı parçaladılar. Ahırlarımıza girdiler. Hayvanlarımızı dışarı çıkarıp, hepsini öldürdüler. 'Bu vahşettir' dedik. 'Yapmayın. Siz insan değil misiniz?' 'Biz insanız' diye bağırıyorlardı. 'Ama sizler birer hayvansınız. Hepiniz çoluk çocuk teröristsiniz.' Yağmurun altında bizi saatlerce yüzükoyun yere yatırdılar. Çamurdan tanınmaz hale geldik. O gün soğuktan üşüten birçok bebeğimiz daha sonra öldü. Koruculuğu kabul etmemiz için bize zaman tanıdılar. Yine kabul etmeyince köyümüzü yaktılar. Biz de o güzelim köyümüzü, viran olmuş evlerimizi terk ettik. Göç etmek zorunda kaldık. Dağdakilere yapamadıklarını bize yaptılar. Asker ölümlerinin acısını bizden çıkardılar. Çok köy yakıldı. Çok mezra, köy boşaltıldı... Gurbet meskenimiz oldu. Ne yapalım kaderimizde bu varmış, alnımıza bu yazılmış komşum, elden ne gelir."

Sarya'nın babasının konuşmalarını Tunay'ın babası ve annesi hayretler içinde dinliyor, komşularının başına gelenlere çok üzülüyor, onları nasıl teselli edeceklerini bilemiyorlardı. Yıkılmış bir adam vardı karşılarında. Zor anladıkları bir Türkçe ile ağıt yakar gibi konuşuyor, ağlamamak için gözlerini tavana dikip bir zaman susuyor ama yine de gür bıyıklarına inen gözyaşlarına engel olamıyordu. Sarya ve annesi odanın bir köşesinde sessizce oturmuş, mahzun gözlerle babayı dinliyorlardı. Anne başörtüsünün ucuyla usul usul ağlıyordu, gizlice. Çocuklar, misafirlerin gelmesiyle salonun yanındaki küçük odaya kaçmış, hep birlikte yattıkları yer yatağının üzerinde geçmişi çoktan unutmuş, bugünü yaşıyor, aralarında şakalaşarak gülüp eğleniyorlardı.

Tunay da esasında çocuklardan farksızdı; kulağı çocukların seslerinde, odada konuşulanların çoğunu duymuyordu. O hayran bakışlarla Sarya'nın yüzüne dalıp başka âlemlere gidiyordu. Onun varı yoğu, dünyası oydu. Günlerdir hayalinden gitmeyen; onun esmer güzeli yüzü, iri üzüm tanelerine benzeyen kara gözleri, al yanakları, biçimli burnu, kalın etli dudakları, beline kadar uzayan simsiyah saçları, uzun boyu, ince endamı onu deli divaneye çevirmiş, meftunu olmuştu. O bambaşka bir dünyadan gelmişti sanki. Vahşi bir güzelliği vardı. Şimdiye kadar tanıdığı, konuştuğu hiçbir kız onun eline su bile dökemezdi. O dağların kızına iflah olmaz bir tutkuyla bağlanmış, âşık olmuştu.

Anneler oturdukları yerden göz ucuyla gençleri seyrediyordu; Tunay içine düşecek gibi kıza bakmayı sürdürürken Sarya, utançla başını yere eğmiş, daha sonra çay tazeleme bahanesiyle mutfağa gidip uzun süre ortalıkta görünmemişti. Anneler gizlice anlaşmış gibi, sevgi dolu gözlerle bu aşkı seyrediyordu.

Tunay, o geceden sonra çeşitli bahanelerle evin çevresinden ayrılmaz olmuştu. Bahçeye gübre mi lazımdı o bulup getiriyordu; sözgelimi, ya da sık sık atan elektrik sigortalarını o sarıyordu. Bir gün Sarya annesiyle çeşmeden eve su taşırken önlerine çıkmış ve annesinin elindeki bidonları alarak eve kadar taşımıştı. Bunu günler öncesinden planlamıştı.

Sarya okuma yazma biliyordu, bunu okulda öğrenmişti. Evlerinin önünde duran kamyona yaklaştıklarında kasanın altına süsleyerek yazdırdığı yazıyı kıza eliyle işaret etti. Annesine duyurmadan usulca fısıldadı:

"Bak kamyonun arkasında ne yazıyor. Okusana."

Sarya iri siyah gözlerini dikerek kamyonun kasasına boydan boya yazılan yazıya baktı: *Seni Seviyorum S.*

Kızın yanakları al al olmuş, yüzünü ateş basmıştı. Delikanlı bütün cesaretini toplayarak devam etmişti:

"Bu S sensin işte."

Sarya yanıt vermedi. Olumlu olumsuz hiçbir söz çıkmadı ağzından. Belki duygularını belli etmek istemiyordu. Yalnızca yüzü kıpkırmızı olmuştu. Gözlerini yere dikmişti utanarak. Daha sonraki günlerde onunla konuşmadı. Evden bahçeye bile çıkmadı.

Tunay ne yapsa olmuyordu. Evin çevresinde dolanıyor, işe çıkmıyor, onu görememenin hırsıyla ne yapacağını bilemez halde Selami'nin meyhanesine gidip, iyice sarhoş olana kadar içiyordu. Fakat Sarya'nın da kendisine karşı ilgisiz olmadığını biliyordu. Delikanlı ona olan sevgisini değişik bir şekilde duyurmanın yollarını aramaya başlamıştı. Genelde uzun yola çıkmıyordu. En uzun yolu Ankara idi. Hep tez gidip tez gelmek istiyor, yollarda Sarya gözünde tütüyordu. Yine bir Ankara dönüşünde, elinde "çam sakızı çoban armağanı" poşetlerle eve gelmiş, çocukları sevindirmişti. O gün bütün cesaretini kuşanarak ve Sarya'nın annesinin gülümseyen bakışlarından güç alarak kıza sormuştu.

"Sizin dilinizde seni seviyorum nasıl denir?"

Sarya yanıt vermemişti. Onun yerine annesi yanıtladı. Gülümsemesini saklamaya çalışarak:

"Ez dı hez dıkım. Ne yapacaksın oğlum?"

"Hiç," dedi Tunay. "Merak ettim." Sarya'ya baktı. Kız niyetini anlamıştı. Kendisine güvenerek dimdik baktı gözlerinin içine.

"Sende nerde o cesaret," dedi. "Senin dilin serbesttir. Bizimki yasaktır. Köyümüz şehre yakın olmasa ben okula gitmesem hiçbirimiz senin dilini konuşamazdık. Annem hâlâ dilinizi tam konuşamıyor."

Tunay, haklısın der gibi boynunu büktü ve hiçbir şey söylemeden kapıdan çıktı. Kapıdan çıkarken dönüp kıza usulca sordu:

"Yazarsam inanacak mısın?"

Sarya ilk kez inci gibi dişlerini göstererek gülümsemişti.
"İnanacağım."

Tunay, kamyonun arkasındaki Türkçe yazıyı sildirmiş
ve kalp resimleriyle süsleyerek Kürtçesini yazdırmıştı.
"*Ez dı hez dıkım S.!*"

Sarya ile arkadaşlıkları böyle başlamıştı.

Mahalledeki arkadaşları ondaki değişimin farkındaydı-
lar. Onların dünyasından ani bir dönüşle kopmuştu. İyice
içine kapanmıştı. Artık ne kahveye ne de Selami'nin meyha-
nesine gidiyordu. Yolda arkadaşları ona takılıyor, laf atı-
yorlardı. Fakat o kimseleri dinlemiyordu. O yeni bir dünya-
nın kapılarını aralamıştı. Aile de bu çeper çil suratlı deli-
kanlıyı sevmiş, ondan kendileri için bir zarar gelmeyeceği-
ne emin olduktan sonra aralarına almışlar, sırlarını dahi
gizlemez olmuşlardı. O yalnızca sevdiği kızın varlığıyla ilgi-
liydi. Ona yakın olmak, nefes alıp verişini hissetmek, ko-
nuşmasını, gülüşünü görmek dünyalara bedeldi.

Aileye değişik gün ve zamanlarda ziyaretçiler geliyordu.
Bunlar Tunay'ın o güne kadar hiç tanımadığı insanlardı.
Gizemli bir dünyaya aittiler. Adları hevaldi. O gözlerini
dikmiş hayranlıkla Sarya'yı seyrederken kız, pür dikkat mi-
safirlerin söylediklerine kulak veriyordu. Tunay ne konuş-
tuklarını anlamasa bile sevdiği kızın ilgisi onun da ilgisini
çekiyordu. Onunla, bu dünyada paylaşmaya değer ne var-
sa paylaşmak istiyordu. Sevinç, acı, keder, mutluluk.

Sarya'nın misafirleri arada Tunay'la da konuşuyorlardı.
Ona dünyadaki bütün insanların eşit ve kardeş olduğunu, ırk
ve milliyet ayrımı yapmadıklarını söylüyorlardı. Savaşa yal-
nızca ezilen kardeşleri için gitmiyorlardı. İnsanlık için, insanın
özgürleşmesi, kişiliğini kazanması ve yeni, daha güzel bir dün-
ya yaratmak için mücadele verdiklerini söylüyorlardı. Sarya
gibi o da hayranlıkla onları dinliyor, anlamaya çalışıyordu.

Tunay'ın kafası karmakarışık olmuştu. O güne kadar kafasında yer eden değerler ile evi genellikle karanlıkta ziyarete gelen gençlerin anlattıkları, zihninde çatışıyordu. En iyisi diye düşündü bir gün. Ben bunu Sarya'nın annesine sorayım. O doğruyu eğriyi hepimizden daha iyi bilir.

"Ana," demişti. "Sana bir şey soracağım ama bana kızma. Sizleri tanımadan önce ben kahveden çıkmazdım. Maç ya da at yarışı olmazsa pek televizyon, radyo da dinlemem. Siyaseti hiç sevmem. Arkadaşlarımın çoğu doğuda askerlik yaptı, şehit düşenler de oldu içlerinde kafayı üşütenler de oldu. Ben hep kin duyardım 'sizinkilere'. Ben de orda vatani vazifemi yapsam bende kurşun atana kurşun atardım, ölür ya da öldürürdüm. Sizleri tanıyınca kafam karıştı. Kim haklı kim haksız artık bilemiyorum. Burada benim kardeşim ölüyor orada senin kardeşin, sonuçta ikimizin de canı yanıyor. Ne olacak bu terörün sonu?"

Bu soru ve terör sözcüğü, Sarya'yı çok kızdırmıştı. "Gerçekleri daha nasıl göreceksin" der gibi kızgınlıkla bakıyordu Tunay'a. Anne kızına işaret ederek sakin olmasını istedi.

Tunay'ın safça sorusu onu öfkelendirmemişti; gülümsedi. "Bak oğlum," dedi. "Bizim ülkemizde bir savaş yaşanıyor ne yazık ki. En çok da bizim canımız yanıyor, çocuklarımız ölüyor. Ve o savaşı biz istemiyoruz. Buraya gelen her asker cenazesine ben de ağlıyorum. O da bir ananın kuzusudur. Biz topraklarımızdan gönüllü gelmedik oğlum. Zorla sürgün edildik. En masum bir kediyi bile köşeye sıkıştırırsan ne olur, saldırır değil mi? Savaş da böyledir işte. Ne ekersen onu biçersin. Bir evlat yetiştirmek, büyütmek, adam etmek kolay mı? Can bu. Ben hiçbir gencin kanı akmasın, kimsenin anası artık ağlamasın istiyorum, anladın mı oğlum?"

Tunay kızın sitem dolu bakışları altında başını yere eğerek uzaklaşmıştı.

Tunay, o günden sonra olaylara farklı bakmaya başlamıştı. Savaşta ölen askerler yoksul çocuklarıydı ve Tunay onların ölümüne üzülüyor, bu savaşın sona ermesi gerektiğini düşünüyordu. Ölen her gerillanın yüzünde Sarya'nın hiç tanımadığı ağabeyini, her kadın militanda Sarya'nın güzel yüzünü görüyor ve üzüntüsü artıyordu.

Kamyon hızla İzmit ovasında yol alıyordu. Tunay, bu yolları avucunun içi gibi biliyordu. İstanbul'dan aldığı yükü genellikle yakın şehirlere taşıyordu. O, İstanbul çocuğuydu. Dede tarafı Tuna boylarından, Balkanlar'dan gelmişti. Denizsiz bir hayatı düşünemiyordu. Hiç olmazsa canı istediği zaman denizi görebilmeli, hasret gidermeliydi. Onun deniz sevgisine şimdi bir yenisi eklenmişti. O daha da büyük, daha da vazgeçilmez bir sevgiydi: Sarya! O geçit vermez dağların yaban gülüydü. Tatlıydı, şirindi, nazikti. Mertti, sözüne güvenilirdi. Tunay, onun yanında yeniden biçimlendiğini düşünüyordu. O öyle kapıp götürülecek, aldatılacak kızlardan değildi. Ağırbaşlıydı. Baş başa kalabildikleri zaman oldukça sınırlı oluyordu. O Sarya'yı ancak birkaç kez öpebilmişti. İlk kez kamyonun yanında konuşurlarken Tunay çevrede kimsenin olmadığını fark edince kızın ellerini sıkıca tutmuş, daha onun şaşkınlığı geçmeden soluğu içini yakan yüzüne yaklaşarak dudaklarından öpmüştü. İlk öpüşünde kızın bütün bedeni heyecan içinde ürpermişti. Onun başını göğsüne yasladığı zaman, kızın, rüzgâra kapılmış bir yaprak gibi titrediğini hissetti. Bu titreme, uzunca bir süre devam etmişti. Sarya yaşamı boyunca bir erkeği öpmemişti. Tunay, mutluluğu ilk kez tattığını anlamıştı. Kızın kalın ve etli dolgun dudakları, sanki yaşamı bo-

yunca erişmeyi arzulayıp erişemediği yasak bir meyveyi ısı-
rıyormuş gibi onu heyecanlandırmıştı. Kız, ondan hep aynı
sözleri duymak istiyordu.

"Ez dı hez dıkım Sarya!"

Kamyon Adapazarı topraklarında yol alırken o, aynı
sözcükleri durmadan yineliyordu: "Ez dı hez dıkım. Sarya!"

Tunay, sevdiği kız için canını verebilirdi. Onu seviyor-
du. Onun için yazdığı Kürtçe yazı yüzünden birkaç kez yol-
larda başı belaya girmiş, ağır hakaretlere uğramıştı. O ya-
zının ne olduğunu kendisine sormuşlar, söyleyince de bir
araba dayak atmışlardı. Polislerin sildirdiği yazıyı o yeni-
den yazmış ve bir daha bu kez ilkinden daha feci dayak ye-
mişti.

Mahalle ve iş arkadaşları onunla alay ediyorlardı. O al-
dırmıyordu. Sarya, "Ben inanıyorum sana. Önemli olan se-
nin onu kalbine yazmandır" deyince inadından vazgeçti.
Kamyonun çamurluklarına yazdığı yazıyı sildirdi. Aynı söz-
leri, kamyonun şoför mahalline, göz önüne, torpidonun
üzerine yazdı. Onun için önemli olan Sarya'nın onu anla-
masıydı. Onun evden pazara çıktığı günler işe gitmiyor,
onu kamyonla gezdiriyordu. Birlikte yakındaki ormana gi-
diyor, kamyonun içinde aşk türküleri dinliyor ve gizlice
öpüşüyorlardı.

Kamyonu sağa çekip bir konaklama yerinde durduğun-
da vakit akşama yaklaşıyordu. Güneş Bolu dağlarının üze-
rinden sık ormanlarla kaplı vadiye doğru yavaş yavaş süzü-
lüyordu. Kendisini hızla arabadan aşağı atıp bahçeye kuru-
lu bir masaya yaklaştığında bütün bedeninin uyuştuğunu
hissetti. Başını ellerinin arasına alarak uzun süre düşündü.
Masaya gelen garson ne istediğini sorduğunda o hâlâ düşü-
nüyordu. Dalıp gitmişti yine. Canı bir şey yemek istemiyor-
du. Demli bir çay istedi. Bitmekte olan sigarasını hırsla ye-

re attı. Yeni bir sigara çıkarıp yaktı. Ne yapacağını, ne yapması gerektiğini bilmiyordu. Kafasında yalnızca kocaman bir boşluk vardı. Onu tanıdığından beri dünyası Sarya olmuştu. Şimdi Sarya yoktu. Caddeler, sokaklar, yük, iş, para, dünya, yollar, arabalar her şey bomboştu. Sarya gitmişti. Sarya yoktu.

Önce uzun ve acılı bir ağıt olmuştu Sarya. Günlerce acısı dinmemişti. Tunay'a sarılıp uzun uzun ağlamıştı.

Acı haberi hevaller getirmişti. Her zaman oğlundan sağlık haberleri alan anne acı haber geldiğinde misafirlerin yanında metin olmaya çalışmış; yanaklarına dökülen gözyaşlarını silerek, haberi getiren kıza sarılmıştı: "Vatanımız sağ olsun. Sizler de hepiniz benim evlatlarımsınız. Dostlar sağ olsun."

Kara haber işyerinde babaya da duyurulmuş, o da acı dolu yüreğiyle eve gelmişti. Baba soyunu sürdürecek olan biricik oğlunun, nasıl olup da öldüğüne bir türlü inanamıyor, ölümü ona yakıştırmıyordu. Amansız bir silahlı çatışmanın en çaresiz yerinde Şeyhmuz, arkadaşlarını kurtarmak için kendisini makineliye bağlayarak, yaralıların ve kalanların çatışma alanından çıkmasını sağlamış, onları mutlak bir ölümün pençesinden kurtarmış, askerlere nefes aldırmadan, son kurşununa kadar direnmişti. Makinelinin susmasından hayli zaman sonra siperlerinden ilk çıkan korucular, delik deşik olmuş bedeniyle onu makineliye bağlı bulduklarında, hemen tanımışlardı. Örgüte katılmadan önce az çobanlık yapmamıştı bu dağlarda.

Baba gençler konuşurken, oğluyla el ele dağları gezdiği ilk gençlik günlerine dalıp gitmiş ve hiçbir şey söylemeden uzun bir ağıt gibi susmuştu.

Anne ve baba köylerinin yakıldığı günün ertesinde, "çekilen her acının bir bedeli olmalı, yaptıkları kimsenin yanı-

na kâr kalmamalı" diyerek arkadaşlarıyla birlikte dağa çık-
maya karar verdiğini söylediğinde ona hak vermiş, destek-
lemişlerdi. Her zaman hayırlı bir evlat olmasını bilmişti
Şeyhmuz. Fakat ölüm başkaydı. Onun yokluğu dayanılmaz
bir acıydı ve her şeyin yalan olduğu dünyanın korkunç ger-
çeği olan ölüme katlanmak çok zordu. Anne ve baba çatış-
ma bölgesinden kasabaya getirilen oğullarını almak için yo-
la çıkacaklardı. Sarya da onlarla gidecekti.

Tunay olayı öğrendiğinde Sarya perişan bir haldeydi.
Çok sevdiği, birlikte büyüdüğü, sırdaşı, dert ortağı, birlikte
çobanlık yaptığı, her şeyi olan ağabeyinin ölümü onu çok
sarsmıştı.

Sarya yaralı bir ceylandı şimdi. Aynı zamanda ceylana
vurgun bir avcı gibi dağların çağrısıyla yanıyordu. O güne
kadar sanki birileri uzaktan tatlı bir çoban kavalının ezgi-
leriyle onu çağırıyordu ve yaşlı kör bir dengbêj elini kulağı-
na atıp uzun bir kılama başlıyordu. Sarya yanık kaval sesi-
ne eşlik eden bu ezgileri kendisinden geçerek dinliyordu.
Şimdi yaşlı dengbêjin anlattığı kılamlarda, yaktığı türküler-
de ağabeyi vardı. O kılamlar ve türküler tatlı bir ezgi değil-
di. Acı doluydu. Yürekleri parçalayan bir Havar'a dönüş-
müştü. Kanlıydı. Ateş ve barut içinde söyleniyordu, bu yüz-
den sözcükler de yangılıydı. Ve Sarya ağıt yakmak değil,
türkü söylemek zamanının kendisine geldiğini hissediyor-
du. Daha önce de kendi yaşıtı kızlar cepheye giderken o,
ağabeyinin de dönüp geleceği mutlu bir hayat düşlemişti.
Tunay'ı düşünmeden, onu her gece içinin ta derinliklerinde
hissetmeden, onunla evlenip çocuklar doğurduğu günleri
hayal etmeden geçirdiği bir gün olmamıştı, uzun zamandır.
Ama artık bütün bunları geride bırakıp gitmek gerekiyor-
du. Duyguları onu Tunay'a bağlasa da içinde bulunduğu
ikilemde vicdanının sesi daha ağır basıyordu.

Tunay'ın bu gerçeği anlaması mümkün görünmüyordu. Genç kamyon şoförü zift gibi demli çayını yudumlarken sevdiği kızın sözleri hâlâ kulaklarında çınlıyordu: "Ölüm güzeldir sevdiğim. Korkma. Ölüm güzeldir. O da hayatın bir parçasıdır." "Ölüm güzel olur mu Sarya?"

Bu nasıl bir duyguydu? Bu nasıl bir acıydı ki insanı, yaşam hakkını bile rahatça çiğneyebileceği, ölümü yaşanır, kabul edilebilir bir hale getiriyordu? Tunay o acıları yaşamamıştı. İlk önceleri "kandırılmışlardır", "beyinleri yıkanmış" diye düşündüğü birçok genç insanı yakından tanımıştı. Hepsi de kendisinden çok küçüktü. Bazılarının ayva tüyleri bile bitmemişti. 16-17 yaşlarındaydılar. Dönüşü olmayan bir yola gönüllü gidiyorlardı, savaşçı olmak istiyorlardı. Hevaller adayları seçerek cepheye gönderiyorlardı. Sarya'yı bunların arasında hiç düşünmemişti daha önce.

Sarya'nın annesi, sanki on yaş birden ihtiyarlamıştı. Biricik oğlunun yüreğinde açtığı boşluğu artık kimse dolduramayacaktı. Ölüm haberinin akşamında, göz kulak olması için çocukları Tunay'ın annesine emanet edip otobüsle yola çıktılar.

Tunay'ın kafası bir türlü almıyordu. Ölüm nasıl güzel olabilirdi? En olumsuz şartlarda bile yaşasa, insanlar nasıl ölümü göze alabilirdi? Tunay gencecik bedenini ateşe atmaktan çekinmeyen kendi yaşıtı ya da daha küçük gençlerin buna mecbur kaldıklarını acıyla fark ediyordu. Kahramanlığın da zorunluluğun bir sonucu olduğunu görüyordu. Fakat beyninin kabul ettiği bu gerçeğe duyguları isyan ediyordu.

O'nun düşlerini süsleyen tek gerçek, Sarya'nın telli duvaklı bir gelin olmasıydı. Tunay, bundan daha büyük bir mutluluk düşünemiyordu. Sarya'yı ailesinden isteyecek ve onunla mutlu bir yaşam kuracaktı.

Sarya uzun uzun düşünmüştü. Sarya ağabeyiyle çobanlık yaptığı dağları özlemişti. Ağabeyi onu çağırıyordu. Sevgili ülkesi, viran olmuş köyü, arkadaşları onu çağırıyordu. Duyguları bazen mantığına baskın geliyor, Tunay'ın kamyonuna atlayıp bilinmeyen bir geleceğe doğru yol almak, bütün yaşadığı acıları, geçmişini unutmak istiyordu. Ağabeyinin yerini boş bırakmak ona yakışmazdı. Vicdanı ömür boyu yakasına yapışacaktı. Sarya daha yaşamının baharında tomurcuk bir güldü. Sarya gülmek için acılardan geçmenin zorunlu olduğunu biliyordu. Keşke başka yollar da olabilseydi... Bu gerçeğin yazılı bir yasası yoktu ama öyle olması gerektiğini düşünüyordu. Ve Sarya, kendi dağlarında özgürce türkü söylemek istiyordu. Ağabeyini toprağa verdikten sonra geri dönmeyecekti. Bunu o gece yola çıkmadan önce, açıkça söylemişti Tunay'a.

On beş tonluk yüküyle ağır Man kamyonu, Bolu dağlarına sardığında güneş çoktan batmıştı. Yol kenarlarındaki sık ağaçların karaltıları bir insanmış gibi bir görüntü veriyordu. Kamyon ağır ağır yokuşu tırmanırken sanki yüzlerce binlerce göz onu gözetliyordu. Neden sonra yalnızlığının sarmalından kurtulmak isteyince teybe Sarya'nın giderken kendisine hediye ettiği bir kaseti koydu. Kürtçe ezgiler onu sarhoş etmeye yetiyordu. Sözlerin birçoğunu anlamıyordu. Anlayabildiklerini yineliyordu:

"Yar şirine, zer şirine, dilemine, dilemine..."

Kamyon Bolu dağını aşıp Gerede ovasına doğru yol alırken Tunay, "Ölüm de yaşamak gibi hayatın bir parçasıdır, ölüm güzeldir!" diyen Sarya'nın sesiyle büyüleniyor, hüzünlü nağmelere karışan tekerleklerin ninnisiyle yolların türküsünü dinliyordu.

On beş tonluk havaleli yüküyle ağır Man kamyonu, Bolu dağından aşağıya Gerede ovasına doğru yol alırken zigzag çizmeye başlamıştı. Tunay Sarya'sız bir dünyanın bomboşluğunu her geçen zamanda daha fazla hissediyordu. Eskiden bu yollardan gidiş ve dönüşünde, onun yolunu gözleyen bir çift kara göz vardı: Sarya. O gözlerin hayaliyle yollar ne de çabuk kısalır, daha Gebze'ye varmadan içini kavuşma heyecanı sarardı. Oysa şimdi yollar ona dar geliyordu. Ne kadar çabalarsa çabalasın kamyona hâkim olamıyor, yollara bir türlü sığamıyordu.

Başkentin ışıkları uzaktan bir yıldız sağanağı halinde görünmeye başlayınca Tunay, karşı yoldan onu uyarmak için uzun farlarını yakıp, selektör yapan bir kamyoncunun ikazıyla daldığı hayal âleminden uyanır gibi oldu. Bir an bir ışık seli içinde kaldığını hissetti. Can havliyle direksiyon simidine sımsıkı yapıştı. Gözkapakları iyice ağırlaşmıştı artık.

Yeniden yolların türküsüne kapıldığında, Sarya'nın onu çağıran sesini duydu.

1994, Ümraniye-2006, Çerkezköy

DENİZKIZI

Menekşe gözlerin, bir denizci feneri
Gözlerin, ümit ışığım, tutunacak son dalım

Özlem belki de tutunacak son dalımdı benim. Keşke o gece ben de, o bilinmez geleceğe doğru gidebilseydim. Şimdi böyle Halik koyunda bir kayaya tünemiş yaralı bir martı gibi ölümü beklemezdim. Büyükada'dan yola çıktığımızda ilk durağımız Cunda adasıydı. O yolcuydu, gidecekti, haber gelmişti, tekne hazırdı. Sabaha doğru yola çıkılacaktı. Özlem benim geri dönmemi istediyse de kalmakta ısrar ettim. Yüreğim korku doluydu, keşke gitmek zorunda kalmasaydı.

Kızım Gökçe'nin boşluğunu o doldurmuştu. Son bir buçuk ay gecesi gündüzüyle Ada'daki Vakıflardan kiraladığım taş evimde birlikte yaşamıştık. Ben sabahları erken kalkar, bahçemdeki ağaçları, yeni diktiğim fideleri, çiçekleri sulardım. O kahvaltıyı hazırlardı. Daha sonra uzun bir yürüyüşe çıkardık. Özlem de benim gibi şiir yazıyordu, şimdiden birkaç defter doldurmuştu. Konuşacak ne çok şey bulurduk, akşam nasıl gelir, gece yarısı nasıl olur anlayamazdık. Bu zaman içinde bütün Prens Adaları'nı karış karış gezmiş, nice hatıralar biriktirmiştik. Uzaktan iki sevgili gibiydik. Sahilde kumların üzerinde uzanıp şarap içiyorduk sözgelimi, o üşüyünce ceketimi omuzlarına atıyor, sarmaş dolaş evin yolunu tutuyor, vapur saatini kaçırmışsak Halik koyundaki Haydar babanın "Erenler Dergâhı"na kapağı atıyorduk. Babanın kendi elleriyle yarattığı mağarasında bize her zaman yatak ve battaniye bulunuyordu. Pansiyonlardan ve polislerden uzak durmaya çalışıyorduk. Özlem tahta makatın üzerinde tatlı bir uykuya dalarken, ben sahilde oturup, yakamozlarla ışıldayan pırıl pırıl denizi, Kınalı'nın ışıklarını seyreder ve gecenin içinde yankılanan balıkçı seslerini, martı çığlıklarını dinlerdim.

Kızım Gökçe, bir yıldır cezaevindeydi. Kadıköy'de vapurdan indikleri zaman yapılan bir kimlik kontrolünde, erkek arkadaşının siyasi bir davadan arandığı ortaya çıkınca şüphe üzerine o da gözaltına alınmıştı. Çıkarıldığı mahkemede Gökçe, "yardım ve yataklık" suçlamasıyla tutuklanmıştı. Ortada suçu kanıtlayacak bir delil olmamasına rağmen mahkeme devam ediyordu. Avukatlara göre bu uygulamalar bir tür gözdağı niteliği taşıyordu. Önümüzdeki mahkemede Gökçe serbest kalırdı. Özlem, Gökçe'nin koğuş arkadaşıydı. Üsküdar Toptaşı cezaevine ziyaretine gittiğim bir gün, Gökçe, "bu da bizim koğuşumuzun şairi Özlem" diye tanıştırmıştı onu. Otuz yaşlarında, usul boylu, buğday başağı renginde, kumral kısa saçlı, açık tenli, menekşe gözleri ışıl ışıl yanan güleç yüzlü bir kızdı Özlem. Onu ilk gördüğümde kanım ısınmıştı. Siyasi düşüncelerinden dolayı birkaç kez cezaevine girmişti. Oldukça rahat görünüyordu, yakında tahliye olacaktı ve Ada'ya geleceğine söz vermişti. O da Gökçe gibi çok okuyordu, çıkınca mutlaka buluşacaktık. Sözünde durdu. Özgürlüğüne kavuştuğunda Ada'ya ziyaretime gelmişti. Onu karşımda görünce Gökçe çıkmış kadar sevindim. On bir kişilik kızlar koğuşunun gülünç öykülerini, o anlattı ben dinledim. Meğer en zor şartlarda bile insan, hayata neşeyle bakarsa ne gam kalıyordu ne de kasavet. Özgürlüğünü kutlamak için balık rakı ve salatadan oluşan mükellef bir sofra kurdum. Ihlamur ve hanımeli kokan bahçemizde kırk yıllık ahbap gibi kaynaşıvermiştik. Evi ve bahçeyi çok sevmişti. O gece yatmadan önce Ada'ya gelişinin bir başka nedeni daha olduğunu söyledi Özlem. Yeniden aranıyormuş ve bu kez biriken dosyalar onu bir ömür içerde tutmaya yetecek kadar varmış. O gece Özlem'in radikal sol bir derginin sorumlu müdürü olduğunu öğrendim. Sürekli kapatılan ve başka adlarla yayınını sürdürmek zorunda olan bu tür dergilerde sorumlu müdür olmak ateşten gömleği giymekle eşdeğerdi. O da şimdi kapatılmış olan bir dergide sorumlu müdürlük yapmış, dergide çıkan yazılara açılan davalar son aşamasına gelmişti. Avukatlar, "bu dosyalardan içeri girersen bir daha dışarıyı zor görürsün, ona göre" diye dostça uyarmışlardı onu. Dergideki arkadaşlarıyla bir süredir yolları ayrılmıştı ama yine de çıkışına yardım etmeye söz vermişlerdi. Ama bu süre içinde haber gelene kadar güvenli bir yerde saklanması, yakayı ele vermemesi gerekiyordu. Aynı sözleri o hafta görüşüne gittiğim kızım da yineledi. Mutlaka ona yardım etmeliydim. Ettim de. "Yardım ve yataklıktan gözaltına alınmak" ya da onunla eşdeğer olan "örgüt üyeliği" suçlamalarıyla yargılanmak gibi kaygılara fazlaca kapılmadan Özlem'in misafirim olmasını kabul ettim. Nasıl olsa hayattaki tek varlığım kızım cezaevindeydi, ha bir eksik bir fazla. Kaybedecek bir şeyim yoktu. Ayrıca Özlem'i daha ilk gördüğüm anda çok sevmiştim.

Adada kaldığı bir buçuk ay boyunca ona iyi bir ev sahipliği yaptım mı bilmiyorum ama kendi evindeymişçesine rahattı, diyebilirim. Gece ve gündüzümüz birlikte geçiyordu. Çiçekleri sulamayı, bahçeyi çapalamayı, toprağa çiçek fidesi, soğan, maydanoz, biber, domates ekmeyi benden daha iyi biliyordu. Onların da geldiği kasabada, içinde büyük bahçesi olan dededen kalma bir çiftlikleri varmış. Yürüyüşe çıkmadığımız ya da denize inmediğimiz zamanlarımız bahçede geçiyordu. Ihlamur ve zeytin ağacının arasına kurduğum hamakta usul usul sallanırken bazen mırıldanarak bazen sessizce kitap okuyordu. Benim yıllardır sahafları, eskicileri dolaşarak epeyce zenginleştirdiğim taş plaklarımı dinlemekten büyük keyif alıyordu. Onun varlığı yıllardır içimde yer eden sevgi boşluğunu nasıl da dolduruyormuş; ona alıştığımı, bağlandığımı dahası sırılsıklam âşık olduğumu çok geç fark edecektim. O benim misafirimdi ve kızımın arkadaşıydı. Ada'dan gidene kadar da hep öyle kaldı. Onu sevginin ötesinde bir aşkla sevdiğimi sezinlediğimde duygularımı bastırıyor, oldukça ölçülü davranmaya çabalıyordum. Oysa Özlem yolda yürürken, elimi tutarken, gece eve dönüşlerde belime sarılırken ya da Gökçe'nin odasından fırlayıp bahçede beni her görüşünde o şen şakrak sesiyle, "günaydın" diyerek yanaklarımdan öperken, oldukça içten ve rahattı.

Cunda Adası oldukça kalabalıktı ve pansiyonlarda boş yer bulmak olanaksız gibiydi. Onun temelli özgürlüğe kavuşmasının şerefine çarşıda papalina yiyip bol bol ada şaraplarından içmiştik. Özlem'i başka kaçaklarla birlikte götürecek olan teknenin kaptanı telefonumu almış, gece arayacağını söylemişti. Gece yarısı randevu yerine götürüp teslim edecektim onu. İçimde kendime bile açıklayamadığım büyük bir sıkıntı vardı o akşam. Özlem de benden farksızdı. Ölçü, kontrol dinlemeden içiyorduk. Yüreğimde başına bir şey geleceği endişesi ve onu bir daha göremeyecek olmanın verdiği acı büyüyordu. Yola çıkmadan önce biraz dinlenmeli, uyumalıydı. Küçük bir pansiyonda çift kişilik tek yataklı bir oda bulduğumuzda bilmem neden ikimiz de sevindik, çünkü başka hiçbir yerde boş oda yoktu. Yanımıza, ayrılınca iki ayrı yakada içmek üzere iki şişe daha ada şarabı almıştık. Odaya çıktığımızda "sen yat uyu biraz" dedim, "benim uyanık olmam gerek, haber gelince uyandırırım seni." "Hayır," dedi Özlem "bu gece son gecemiz, daha içmek istiyorum. Ayrı şarap içmek çok mantıksız, birlikte içelim bu şarapları."

İtiraz edecek halim yoktu. O akşam çok efkârlıydım. Gökçe'nin mahkemesi uzayıp duruyordu ve sevdiğim kadın bu gece gidiyordu. Pansiyonun Ege Denizi'ne ve karşı yakanın adalarına bakan balkonunda oturup şaraplarımızı içerken içimde ne fırtınalar kopuyordu. Dalıp gitmiştim. Özlem şarap kadehlerini doldurduktan sonra balkona yaslanarak uzun uzun önce karanlıkta mor bir siluet halinde görünen karşı yakanın ışıklarını, ışıl ışıl yanan kasabayı ve karanlık denizi seyretti. Şarabı yarısına kadar içtikten sonra kadehi masaya bırakarak geceyi kucaklamak ister gibi ellerini iki yana açarak bana sarıldı.

"Hey özgürlük, hem çok yakınsın hem de çok uzak bana. Ama sen çok yakınsın biliyor musun? Kimseyle böyle yakın olmamıştım. Haydi, aşka içelim, özlemin ve onu sevenlerinin aşkına!"

"İçelim" dedim ben de, "aşka içelim."

Yarısını içip masaya bıraktığı şarap kadehini bana uzattı, alıp içtim, kalanını ona verdiğimde usulca belinden kucaklamıştım. Şarabı bitirdiğinde başını göğsüme yaslamıştı. İki elini de belime sararak sımsıkı kucakladı beni. Daha sonra masada kalan diğer kadehin yarısını içerek bana uzattı, onun dudaklarının değdiği kadehi gözlerimi kapayarak içtim, kalbim sevinçle dolmuştu işte. İpek gibi yumuşak saçlarını, güzel yüzünü göğsüme yaslayarak bana sarılmıştı, sevdiğim kız kollarımdaydı işte. Bedenim titriyordu. Ne yapacağımı, nasıl davranacağımı bilemiyordum.

"Ne olur üzülme," dedi, "dünyanın sonu değil. Ayrılanlar bir gün kavuşur değil mi? Biz de yeniden kavuşacağız, göreceksin. Birlikte mutlu günlerimiz olacak."

Bu sözcükler ateş gibi yüreğimi kavuruyordu. İşte sevdiğim kadın kollarımdaydı ve bu gece gidecekti. İçimden gelen dayanılmaz bir arzu ile onu öpmek istiyordum. Son bir gayretle kendime hâkim olmaya çalışıyordum.

"Biraz uyusan iyi olacak, burada üşüyeceksin, bak rüzgâr da esmeye başladı."

O ses çıkarmadan beni dinliyordu. Oldukça fazla içmişti. Kolundan tutarak içeriye yatağa boylu boyunca uzattım. Tam kolumu çekip balkona dönmeye hazırlanırken iki eliyle beni sımsıkı kucakladı. Aniden bal gibi tatlı bir sıvının ağzımın içinde eridiğini hissettim. Ok yaydan fırlamış, zincir zembereğinden boşalmış gibi bütün kural ve ilkelerin çiğnendiği o yasak an başladı. Başımın bütün ağrısı, bütün efkârım, kederim müthiş bir rahatlamaya bırakmıştı kendisini. Artık bentleri yıkılmış, kavuşmaya hasret iki ırmak gibi sarmaş dolaş olmuştuk. Aşk denizinin çılgın sularında coşkuyla yüzüyorduk. Şimdi dörtnala, doludizgin sevişiyorduk. Biraz sonra ayrılacaktık, belki bir daha kavuşamayacak, belki biraz sonra polis ikimizi de alıp götürecek, yıllarca zindanda yatacaktık, belki onu Ege'nin deli sularına teslim edecektim; o an bunların hiçbirinin zerre kadar önemi yoktu.

"Sana âşık olduğumu biliyordun değil mi?" diye sormuştum o an.

"Bunu görmemek için kör olmak gerekirdi, her kadın anlar karşısındaki insanın neler hissettiğini."

Gece yarısı arayan kaptan, yola çıkışı birkaç saat ertelediğini, rüzgârlı havada denizin tehlikeli olduğunu ama gün ağarmadan kayalıklarda hazır olmamızı söylediğinde ne kadar çok sevinmiştik. Geç de olsa aşkı bulmuştuk işte. Son birkaç saat daha kazanmıştık zamandan.

O gece sevişirken anladığım kadarıyla Özlem de, duygularına hâkim olmaya çalışmıştı. Artık önümüzde hiçbir engel yoktu: o gidiyordu ve ben ömür boyu onun hasretini çekecektim.

Sabaha karşı gün ağarmadan giyinip kuşanmış, yarımadanın ucundaki kayalıklarda belirsiz bir geleceğe doğru yola çıkmaya hazırlanan çoğu Irak ve Pakistanlı on beş yolcuyla birlikte Özlem'i tekneye bindirip yolcu etmiştim. Ona sımsıkı sarılıp öptüğümde o benim kadınım, sevdiğim, her şeyimdi artık. Onun özlemiyle yanıp tutuşacağım günler beni bekliyordu. Belki Gökçe diye bir gerçeğim olmasaydı o gece ben de o tekneye binerdim, buna eminim. Ama gecenin içinde uzaklaşan tekneye baktığımda en son Özlem'in elini dudağına götürerek bana veda ettiğini gördüm.

Gün ağarırken döndüğüm pansiyonda hâlâ onun kokusunu ve ıslaklığını, sıcaklığını taşıyan yorgana sarılıp derin bir uykuya daldım.

HALİK KOYU

O akşam çok efkârlıydım.

Halik koyunda tahta bir taburenin üstünde oturmuş denizi seyrediyordum. Deniz oldukça sakindi. Koy, iri çakıl taşlarıyla doluydu. Sahilde dalgalar usul usul okşar gibi, kucaklıyordu çakıl taşlarını. Kınalı'nın ışıkları yine göz kamaştırıyordu. Oysa ben sivri adanın yalnızlığı gibi acılar içinde kıvranıyordum. Rakı kadehim çoktan boşalmıştı. Haydar baba 'uzun sakallı kızım' diye sevdiği köpeği Destan'la oynaşıyordu bahçede. Yazlıkçılar gittiği için Ada boşalmıştı. Haydar baba, bin bir emekle yarattığı Erenler Dergâhı adını verdiği yazlık bahçesinin önünde, kumların üzerinde türlü şaklabanlıklarla kendisini sevdiren Destan'ın tüylü, yumuşak karnını okşuyordu. Onu rahatsız etmeye niyetim yoktu. İçtiğim rakının etkisiyle kafam bulanmaya başlamış, çakırkeyif olmuştum şimdiden.

Haydar babanın saklı cennetini Özlem'le birlikte keşfetmiştik. Ben öğretmenlikten emekli olunca Büyükada'da bir vakıf evine kiracı olarak yerleşmiş, Adalı olmuştum. Yıllardır dergilerde yayımladığım şiirlerim kitap haline gelince adım adalı şairlerin arasında sıkça anılmaya başlandı, daha çok tanınır oldum. Haydar baba da yayımladığı dört şiir kitabı ile adalı şairlerin babasıydı. Bazı geceler Özlem'le Burgaz'da kalır, hep birlikte şiirden dünya ahvalinden söz açar, rakı içerdik. Özlem'le farkında olmadan kuralları çiğnemiştik. Yeni bir dünyanın kapılarını aralamıştık, gizli dokunuşlarla. Âşık olmuştuk. Adalar içinde en sevdiğimiz adaydı Burgaz. Adanın en uç kısmında, mezarlıkları geçince başlayan ormanın duldasında, dik yamaçların ve yarların eteğine saklanmış bir koydu Halik. Haydar baba taştan bir ev yapmış, elleriyle bir mağara yaratmıştı. Bu mağaranın en kuytu köşesinde tahta taburelere oturmuştuk. Mağaranın nem ve rutubet kokusu başımı döndürüyordu.

Kor bir ateş parçası gibiydi sevdiğim. O ateş hâlâ içimi yakıyor.

"Dalmışsın yine derinlere hocam."

Elinde 70'lik bir rakıyla balıkçı Hayri, yanı başımdaki tabureye çömelmişti bile.

"İzin var mı hocam?"

Ne diyebilirdim ki! Öylesine kederli, öylesine bir dost, insan sıcaklığına muhtaçtım ki. Ne zaman balıktan dönmüştü bu hergele. Ne zaman kayığını kıyıya yanaştırmış, bağlamış, fark etmemiştim. Hayri, yaşlı babanın tek dostu ve iş ortağıydı. Balıkçılıktan arta kalan zamanlarında ona yardım ediyor, 'ara sıra Dergâhı ziyarete gelen' müşterilerin hizmetine koşuyordu. Genellikle müdavimler, Haydar babanın kadim dostlarıydı.

Sevdiğim kadın bir gece yarısı eski bir tekneyle bilinmez bir geleceğe doğru gitmişti. Karşı yakaya sağ salim geçince beni aramış, onun neşeli, "yakında kavuşacağız unutma" diyen umut dolu sesini duyduğumda, dünyalar benim olmuştu.

Yıllar sonra tattığım bu aşk, yorgun bedenimin soluğu, nefesim gibiydi. Şimdi yine soluksuz kaldım, boğuluyorum kederden.

"Gitti mi?" diye soruyor Hayri.

"Gitti," diyorum.

"Temelli mi?" diyor. "Temelli" diyorum. "Dönüşü yok gidişinin."

"Bu acıyı iyi bilirim hocam," diyor Hayri, kocaman ellerini denize doğru açarak. "Onu son kez kucaklamak, içimdekileri bir bir dökmek isterdim, sevgilime. Sizi burada el ele gezerken, birlikte uzanıp denizi seyrederken gördüğümde hep aklıma benim çatlak Emine gelirdi hocam. O benim kadınımdı, tek sevdiğimdi. Benim kahrımı çeken, beni kahve köşelerinden çekip kurtaran, aha şu gördüğün kayığı almamı sağlayan oydu."

Benim boşalan kadehimi rakıyla dolduruyor balıkçı Hayri. Kendi kadehini de doldurduktan sonra bir koşu dolaptan buz, beyaz peynir ve kavun getirmeyi ihmal etmiyor. Haydar baba Destan'la oynaşmasından yorulmuş, iki ağaç dalının arasına kurduğu bez hamağında şekerleme yapıyor. Destan, onun ayaklarının dibine kıvrılmış uyumakta.

Balıkçı Hayri'yi hiç böyle kederli görmemiştim. Doldurduğu rakı kadehini denize doğru uzattı ve bana dönerek,

"Denizkızının şerefine içelim" diye bağırdı. Haydar baba hamağından doğruldu onun sesiyle, beni görünce eliyle selamladı: "Yarasın erenler." Yeniden uykusuna ya da kendi hayallerinin içindeki suskunluğuna gömüldü. "Denizkızına içelim Hayri," dedim ben de son kez denizin ortasında el sallayan aşkımın hayaliyle. O gece ay şahitlik etti, ben dinledim. Rakı boşaldı, yenisi geldi. Haydar baba bildiği bir öyküyü yeniden dinlemek istemediği için olacak, kulübesine gidip yattı. Biz kumların üzerine uzandık. Ben anlattım o dinledi. Hoş anlatacak nem vardı ki. O çok doluydu. Onun da denizkızı serap olup gitmişti. O anıların denizine batıp batıp çıkıyordu.

"Kulübem Ada'nın en tepesinde bayrağın altındaydı. Daha Haydar babayla ortaklığımız yoktu. Olsa belki de sonumuz böyle olmazdı. Kim bilir, takdiri ilahi. Şimdi belki de elini öper çocuklarımız oynaşırdı dört bir yanımızda. Çatlak Eminem yanık Rumeli türküleri okur, dans ederdi bize, birlikte ne de güzel eğlenirdik.

O gece karşı yakanın ışıkları, altın bir zincir gibi parıldıyordu. Deniz, bir ışık seli içindeydi. Sevgilim, benim çatlak Eminem kollarımdaydı. Deniz süt limandı.

Heybeli'nin zirvesinde çam ağaçlarının gölgesindeki kulübemin bahçesinde çilingir sofrasını kurmuş demleniyorduk işte. O benim on yıllık sevgilim, uzatmalı nişanlımdı. Bir ömür boyu sürecek sanıyordum, oysa o gece içimdekileri ona anlatabilseydim belki her şey farklı olurdu hocam. Sevgilim karşımdaki tahta iskemleye değil tahta makatımızda, yanı başımda oturur, hayallere dalardı. Bazen ben de limandaki arkadaşlar gibi onun bir tahtasının noksan olduğunu düşünürdüm. Yoksa benim gibi bir berduşun, delinin kahrını kim çekerdi.

O benim kadınımdı. Elleri, memeleri, bedeni alev alev yanardı, ateş gibi bir kadındı. Oysa ben üşürdüm. O ısıtırdı her daim beni. İçime bir kor çıngı bırakıp giderdi her zaman. Onu ilk tanıdığımda balığa çıkmıyordum. Limandaki kahvede garsondum. O karşı yakadan evlere temizliğe geliyordu, kadana annesiyle. O yaz ilk vapurla gelmişlerdi adaya. Daha on altı yaşında bir kızdı o zamanlar, boncuk gibi ışıldayan ela gözleri vardı. Görür görmez o ela gözlere, o körpe güzelliğe çarpılmıştım, serde gençlik var anam babam. Askerden yeni gelmişim daha. Bakma yüzümün kırıştığına, o zamanlar parlak bir delikanlıydım. Her gün tıraş olurdum. Yüzüme bakılırdı anlayacağın. O gün, erkenden kalkmış, ocağı yakmış, çayı yeni demlemiştim. İri yarı bir kadın olan annesi onun minicik ellerini sıkı sıkıya tutmuştu. Konuşmalarından Sadık Bey tarafında bir köşkün temizliğine gideceğini anlamıştım.

'Köşktekiler daha kalkmamıştır yataktan, erken geldik, biraz burada bekleyelim,' diyordu annesi kıza. Dışarıdaki sandalyelerden birine oturmuşlardı. Kadın oldukça kalın bir paltoya sarılmıştı ama Emine garibim, o ateş parçası kız dal gibi titriyordu soğuktan. Üzerinde incecik bir hırka vardı. Eee ne de olsa ada sabahları ayaz olur, çarpar adamı hocam. Kadana annesi elli yaşlarında, tombul, çatık kaşlı bir kadındı. Onun haline hiç acımadan sandalyeye oturmuş, martıları seyrediyordu. Bizim kahvede minik battaniyeler bulunurdu hocam, apaçi'lerden, akşam serinliğinde üşüyen müşterilere veririz. Dolaptan bir apaçi kapıp getirdim, kızın sırtına örttüm. Bir koşu gidip buğusu üstünde iki de sıcak çay getirmez miyim? İlkin annesi kızacak gibi baktı bana. Kız titriyordu. Getirdiğim battaniyeye sarıldı hemencecik. 'Sağ ol evladım' dedi annesi, 'söyledim, sabahları soğuk olur, üşütürsün ama nerde, gençlik işte.'

Kadını yumuşamış görünce ahbap olmak için 'çaylar ikramımız olur hanımanne' deyiverdim. 'Yazıktır kızcağıza üşütüp hasta olmasın, sabah ayazı çarpar, hasta eder adamı farkında bile olmazsınız.' Ne de güzel gülmüştü bana bakarken. Çayını içerken de kaçamak baktığını gördüm, içim eridi. Sevgiyle bakıyordu.

Adaya yıllarca her gidip gelişinde bu gülümsemesi hiç eksik olmadı dudaklarından.

'O battaniye senin içinin sıcaklığını taşıdı bana, Hayri' demişti bir keresinde.

Annesinin hastalandığı bir gün adaya yalnız gelmişti. Doğruca dışarıya annesiyle oturduğu masaya oturup bir çay istemişti. Onu içeriye davet ettim, kahvenin içi sıcacıktı. Fırından bir koşu sıcak simit ve poğaça getirdim. Buyur dedim, ikilemedi. Kırk yıllık tanış gibi rahattı. Cesaretlendim, ters davransa söyleyemezdim. 'İşini erken bitir de sana adayı gezdireyim faytonla' dedim. Çayını yudumlarken, simidi dişlerken gözleri sanki hep gülüyordu. 'Senin faytonun mu var?' diye sormaz mı? Biraz safça olduğunu o zaman sezdim. 'Hayır' dedim 'ama hepsi de arkadaşım faytoncuların, hem parasıyla değil mi, ada çok güzeldir.' Başını öne eğip biraz düşündükten sonra gülen gözlerini gözlerime dikerek 'olur' deyivermez mi, dünyalar benim oldu. Akşama doğru koşarak geldi. Pembe yanakları al al olmuştu. Etli dudaklarının arasında bembeyaz dişleri görünüyordu. Saçlarını topuz yapmıştı. İzin alıp çıktım kahveden. Alman koyunun orda faytondan indik, ormanda yürüdük hocam. İlkin o gün öptüm. Çamların altındaki çayırlığa uzanmıştık. Dudaklarının ateşiyle mest olmuştum. Hayat bu be oğlum dedim kendime. Yaşamak bu işte.

On yıl yaşadık be hocam dile kolay. Dönüp de başkasına bakmadı o kız. Kahvede arkadaşlarım takılırdı 'Ulan oğlum bu kızın bir tahtası noksan olmasa, senin gibi bir çul-suzun başını bekler miydi?'

En sonunda o da dayanamadı hocam, benden bir bok olmayacağını iyice anladı belki de. Oysa ben adam olmaya karar vermiştim artık. Haydar baba bu lokantayı açmamış-tı daha, ama bana ortaklık teklif etmişti. Ona söylemeye za-manım olmadı. Haydar babanın sağı solu belli olmaz, ya vazgeçerse diye korkuyordum. İş kesinleşince ona söyleye-cektim. Ama daha o zamanlar balığa çıkmaya başlamıştım, onun sayesinde. Bana çok yardımı oldu, yukarıda Allah var. Ortak bir evimiz ve çocuklarımız olacaktı. Nasip değil-miş. Takdiri ilahi işte; demek yazımızda yokmuş. Neylersin ne söylesem boş.

Son gecemiz olduğunu nerden bilirdim hocam. Benim çatlak Emine adaya her gelişinde benim tepedeki kulübem-de kalıyordu. O akşam da adanın zirvesinde çam ağaçları-nın gölgesindeki kulübemin bahçesine mangalı ve çilingir sofrasını kurmuş demleniyorduk. Sevgilim karşımda duran iskemleye değil yanı başıma bağdaş kurmuş, başını omzu-ma yaslayarak yine hayallere dalmıştı.

Deniz bir ışık seli içindeydi. Bir gemi geçti ışıl ışıl yanı-yordu. Uzaktan bir oyuncağa benzese de son yolcu gemisi olduğunu ezbere biliyordum. Deniz süt limandı.

'Yine daldın aşkım,' dedi Emine elindeki rakı kadehini havaya kaldırarak. 'Bu akşam deli gibi içmek, sarhoş olmak istiyorum. Bütün dertlerimi unutmak, dünyanın anasını satmak istiyorum. İstiyorum oğlum anladın mı?'

Bu akşam sünger gibi çekiyordu. Onu rakıya da cıgara-lığa da ben alıştırmıştım, o da tiryakisi olmuştu. Fakat son zamanlarda huysuzlaşmış, bir garip haller olmuştu bu kadı-na. Dünyanın yükünü sırtında taşıyor gibiydi fakat sıkıntısını da paylaşmıyordu. Paylaşsa, anlatıp içini dökse bu çulsuz halimle derdine derman mı olacaktım?

"Bu akşam da muhabbetine doyum olmuyor Hayri."

Bardaktaki rakısı yine bitmişti, fondip yapıp yuvarlıyordu.

"Bu gece hiç bitmesin Hayri, bu anasını sattığımın sabahı hiç olmasın, güneş hiç doğmasın. Bu sini gibi ay hep tepemizde olsun.'

Ben susuyor, ondaki bu garip halleri çözmeye çalışıyordum.

Küçük el radyomuzda sanat müziği saatiydi, eski bir şarkı çalıyordu:

Bu akşam bütün meyhanelerini dolaştım İstanbul'un
Seni aradım kadehlerdeki dudak izlerinde.

'Beni aradın mı Hayri ha, söyle beni aradın mı kadehlerdeki dudak izlerinde. Arayacak mısın?'

Elinden tutup ayağa kaldırdım. Ayakta duramıyor, yalpalıyordu. Elimi beline dolayarak başımı dalgalı saçlarının arasına gömdüm. Tütün ve anason kokulu yârim.

'Aramaz olur muyum!' dedim. 'Seni bulamazsam deli divane olurdum.'

Başını göğsüme yasladı. Radyoda çalan müziğe uyarak dans etmeye başladık.

'Bana hayatı sevmeyi sen öğrettin, demişti bir gece 'rakı içmeyi, sevişmeyi, dans etmeyi.'

'Seni çok seviyorum çatlak,' dedim. 'Ayyaşın, berduşun biriydim beni sen adam ettin.'

İyice kıvama gelmiş, yumuşamıştı. Birazdan ağlarsa şaşmazdım. Bahçedeki sedire kucak kucağa uzandık.

Tahta masadaki cıgaralığa uzanıp yaktı, derin bir nefes çekti. Karşı yakanın yanıp sönen ışıklarına dalıp gitti gözleri. Ormanda cırcır böcekleri dışında çıt çıkmıyordu. Uzaktan martı çığlıkları bile duyulmuyordu.

'Bu akşam ben ne olmak istiyorum biliyor musun Hayri?' demişti bana.

'Ne?' dedim bir sigara yakarak.

'Deniz olmak istiyorum. Deniz gibi engin ve bağışlayıcı, bak her şeyi içinde taşıyor o. Tıpkı benim gibi. Gemileri, suları, balıkları içimde taşımak istiyorum ben de.'

'Ben denize âşığım Hayri. Belki de beni adaya çeken bu aşk. Sana da âşığım ama ben deniz olmak istiyorum. Çok yaşamayacağımı biliyorum. Senden bir tek şey istiyorum. Yapar mısın, söz ver bana yapar mısın?'

Emine kollarımda yaprak gibi titriyordu. Sesi ilk kez beni korkutmuştu. O anda onu kaybetmek üzere olduğumu derin bir acıyla hissettim. Kalbime bir bıçak saplandı sanki.

İnce bir hançer yarasının sızısı yerleşti kalbime. Sesim güçlükle çıkmıştı.

'Neymiş istediğin?'

'Ben ölünce deniz olmak istiyorum sevgilim. Toprak ağır gelir bana, onu kaldıramam. Yeterince yük taşıdım sırtımda. Ben ölürsem ne olur beni toprağa koydurma. Sevdiklerinin başı için. Beni yaksınlar ne olur. Küllerimi denize savur, denize karışayım. Her denize bakışında her balığa çıkışında beni anımsarsın. Belki bir gün denizden bir denizkızı suretinde çıkar gelirim yanına. Kim bilir! Hiç olmazsa orada rahat, özgür olayım..'

Emine artık kendinde değildi. İyice yükünü almış, sarhoş olmuştu. Kafası da iyice dumanlanmıştı. Onu kucaklayıp kulübedeki yatağımıza götürdüm. Her zaman ateş gibi yanan kız yaprak gibi titriyor, üşüyordu.

'Çok üşüyorum,' diyordu yalnızca. 'Ne olur ısıt beni.'

Ellerini göğsünün üzerine kenetleyip dertop olmuştu, titriyordu. Battaniyeyi, yorganı üstümüze çekip ona sarıldım. Kollarını çözüp beni sımsıkı kucakladı. İnce narin bedenini iyice göğsüme yaslayarak bacaklarını bacaklarımın arasına kenetledim. O kızla yaşlanmak istiyordum hocam. İnsan elden ayaktan düşünce bir tas çorbasını pişirecek bir yoldaşı olmalı değil mi?

Başını göğsüme gömmüştü. Dalgalı saçlarını okşuyor, onun ağzındaki tütün ve anason kokusunu içime çekiyordum. Uyuklamaya başladı, nefes alıp verişlerini dinledim. Bedeni iyice ısınmıştı. Boynunu, ensesini, iri memelerini öptüm, iniltiyle uyandı. Gecenin içinde ıslak, ela gözlerinin ateş gibi parıldadığını fark ettim. Kollarını boynuma doladı, uzun uzun öpüştük. Deli divane oluyordum kokusuna.

Ay ışığı odayı doldurmuştu. Bol yıldızlı bir geceydi. 'Daha sabaha çok var,' dedi. 'Dolunay var bugün. Sen olsan hangi yıldızı seçerdin?'

'Benim yıldızım yanımda kızım,' dedim 'başka yıldız istemem.'

'Ya o yıldız bir gün kayıp giderse!'

Ne diyeceğimi bilemedim. Ağzından yel alsın kız, Allah geçinden versin bile diyemedim. Ben de ölürüm dedim içimden, ama sustum. Onun yerine onu temelli kaybedeceğimi anlamış da son kez öpüyormuş gibi yeniden deli gibi öpmeye başladım. Aşinası olduğum bedeninin içinde milyonlarca Hayri olmuştum yine. Tere batıp çıkmıştık. Rahatlamış bir halde geniş bir soluk aldı.

'Yaktın içimi yine.' dedi, arzu doluydu sesiyle. 'Isındım iyice, yandım. Daha iyiyim şimdi. Fakat sana kırgınım Hayri. Yıllarca bu acıyla yaşadım. Fakat artık o kırgınlık da kalmadı içimde, çürüdü.'

'Senin parçanı Hayri, senin yavrunu içimden parça parça söküp aldılar. Bir çöp tenekesine attılar. Nasıl kıydın acımadan benim yavruma Hayri. Şimdi üç yaşında bir oğlumuz olacaktı. Umudumdu, can yoldaşımdı şimdi o benim. O gün analık hakkımı sonsuza kadar elimden aldılar Hayri. Sana çok kırıldım o zaman. İçimden yavrumla birlikte seni de söküp aldılar sanki. En acısı da bunu sana söyleyemedim, anamın da haberi olmadı, duysa o anda kalpten giderdi. O masadan kalkamayabilirdim, ölebilirdim de Hayri. Sana öyle çok ihtiyacım vardı ki sen yoktun yanımda, kimseler yoktu. Yalnızdım, yapayalnız. Ölü bebeğim ve ben. O gün yarı cenazem çıktı o masadan benim. Daha iflah olmadım. Ne kanamam eksildi ne de sancılarım. Acılarımı paylaşamadım, üstüne anam öldü iyice yalnız kaldım artık, benim de günlerim.... Ben sana adamım dedim. Deli de olsan seni sevdim. Sana koca dedim, kimselere varmadım. Ama sen evlenmekten, başına yük olmamdan hep korktun, sorumluluktan kaçtın. Gençliğimi çürüttüm ben. İçimi çürüttüm. Bittim ben Hayri. Yarınım yok artık biliyorum. Ne olur ölürsem külümü denize savur Hayri. Senden, sadece bunu istiyorum. Bu kadar zulüm varsa yaratan nerde diye çok isyan ettim. Ben deniz olmak istiyorum, denize karışmak istiyorum. Beni yakamazsan denize bırak cesedimi. Denizkızı olarak dönerim yine sana, eğer beklersen...'

'Ben yar üstüne yar sevmem Hayri, ölsem de kapındayım bak!'

Ben hayatımda böyle mert bir kadın görmedim hocam. O sabah hiçbir şey olmamış da yarın görüşecekmişiz gibi giyindi, vapura kadar yolcu ettim, sarılıp öptü beni son kez. 'Elveda' dedi anlamadım hocam. Meğer onu son görüşümmüş. Bir daha gelmedi, gelemedi hocam. Benden gizlediği ölümcül bir hastalığı varmış. Kürtajda mikrop kapmış dediler. Çok sonra öğrendim. Adadan dönüşünde hastaneye yatmış, bir daha da kalkamamış zavallı.

İşte böyle hocam, her denize bakışımda, her balığa çıkışımda onu görürüm. O denizkızı suretinde çıkar hep karşıma. Yıllardır onun sıcaklığıyla yatar kalkarım. Benimkinin dönme umudu yok ama senin sevdiğin döner gelir yarın be hocam, umudunu yitirme. Denize baktıkça acılarımı unuttum. Ben de deniz olmak istiyorum artık."

Kor bir ateş parçası gibiydi sevdiğim.

Gökçe önümüzdeki mahkeme belki çıkardı ama.

Sevgili Özlemim, Denizkızı suretinde dönüp gelir miydi bir gün?

Mayıs 2007, Heybeliada

İÇİMDEKİ MEFİSTO

Daha nen olayım isterdin,
Onursuzunum senin!

Cemal Süreya

Gecenin soğuğu ciğerlerime işliyordu. Ayaz çıkmıştı. İçim üşüyordu. Evimizin ormana bakan küçük balkonunda yalnızdım. Orman sessizdi. Otobanın uzaktan yanıp sönen ışıkları ve tren istasyonunun lambaları dışında her yer karanlığa gömülmüştü. Kaç saattir burada kımıltısız oturuyordum. Bilmiyordum. Yalnızca içinde kaybolmak ister gibi geceyi ve karanlığı seyrediyordum. Bir boşluğun içinde yüzer gibiydim. O gitmişti. Yasemin; kokusunu sevdiğim kadın. Aramızdaki her şeyin bittiğini söyleyerek, çekip gitmişti. Şimdi her sabah uyandığımda günaydın diyerek selamladığım ve tarlanın içindeki vakur haline imrendiğim tek top ağacı seçmeye çalışıyordu gözlerim. Karanlığın içinde o da kaybolmuştu sanki. Kendi içine kapanmış, dertop olmuş bir yalnız ağaç.

Her sabah huzurla uyandığımda, güneşin bozkırın üzerinde kızıllıklar içinde doğuşunu seyrederdim. Ve ormanın insana yaşama sevinci aşılayan tazeliğini. Güneşin şavkı tarlalara ve ormana vururdu. Sonbaharda ağaçların sararan yaprakları kızıla çalar. Bazı sabahlar bu kızıllığın ortasında toprağın kokusunu içime çeke çeke, ormanda yürüyüşe çıkarım.

Şimdi gecenin ortasında yüreğim eziliyor.

Yoksa ben de ömrümün sonbaharını mı yaşıyorum?

"Güçlü olmak, güçlü görünmek kolaydır. Herkes seni öyle sanır. Belki sen de buna aldanıp kendini kandırabilirsin. Zor olan kendinle yüzleşmektir. Kendi zayıflıklarını görüp kabullenmektir zor olan. Hayatta biz kolay olanı seçiyoruz. Hangimiz zayıflıklarının üzerine gidiyor?"

O zayıflıklarının üzerine mi gitmişti? Beni sevmiş olmasının, en büyük zayıflığı olduğunu söylerdi hep. Köylü kafamla onu anlamaya çalışırdım. Zor bir kadın, onu anlamak da zor, pimpirikli, kılı kırk yaran kuşkucu bir tabiatı var. Söylediğim her cümleden benim hayal bile etmekte zorlanacağım anlamlar çıkartıyor. Onun bu engin hayal gücü karşısında şaşırıp kalıyorum. Pes doğrusu sevgilim, bunları hiç düşünmemiştim. O kadar ayrıntılı anlatıyor ki geçen zamanı, aramızdaki konuşmaları; hafızamla ilgili kaygılara düşmekten kendimi alamıyorum. Onun hep iyi bir öykücü olabileceğini düşünmüşümdür. Geçmişe dair anılarım olsa da birçok ayrıntı, olay, isim silinmiş, beynimin derinliklerinden onları bulup çıkaramıyorum. Oysa o benim çoktan unuttuğum bir olayı demin yaşamış gibi anlatmıyor mu, hayretler içinde kalıyorum.

Karanlığın ve anıların içinde kaybolurken onu düşünüyordum. Yokluğu dayanılmaz bir acı veriyordu. Amansız bir darbe almıştım kalbimden. Hançerin acısı yavaş yavaş hissediliyor, yaram kanamaya devam ediyordu. Sancısı içten, ta derinden yakıyordu kalbimi.

"Bir şeyi derinden hissedersen karşındaki insanı da anlayabilirsin o zaman. İyi yazarlar iç dünyalarına yolculuktan, kendi zayıflıklarıyla yüzleşmekten, yaralarını deşmekten korkmayanlardır. İyi öykü de ipek bir kumaşı dokur gibi yazılır. Ya da bir oya, kanaviçe işler gibi, yaşam ayrıntılardan oluşur sevgilim."

Gecenin içinde onu dinliyordum. Her zamanki gibi bir sevişme sonrasında başını göğsüme yaslamış, sigarasından dumanlar çekerken, mırıldanır gibi konuşuyordu. Sıcaklığı, etinin şehvetli buğusu ve teninin yasemin kokusu başımı döndürüyordu...

Tarlanın ortasındaki göğe doğru uzanan dallarını sık yaprakların arasında birleştirip der top olmuş ağacın, hüzünlü yalnızlığını çizmiştim bir sabah uyandığımda. Gökyüzünde yalnız gezen yıldızlara benzetirdim onu. Gökyüzüne bolca yıldız serpiştirmeyi unutmamıştım.

Gökyüzünde yalnız gezen yıldızlarda kendimi mi buldum, yoksa biz yalnızlığımızı mı paylaştık bunca yıl?

Çalıştığım fabrika İstanbul'dan, bu sanayi kasabasına taşındığı günden beri buraya ısınamamıştım. Yasemin'in ablası ve bazı arkadaşları da burada fabrikalarda çalışıyordu. Onun için uyum çok zor olmamıştı. Sıkıldığında onlarla dertleşip konuşabiliyordu. Ya ben? Hafta sonlarını trenle İstanbul'a kaçmak, eski arkadaşlarımla buluşmak için iple çeker olmuştum. Aramızdaki tartışmalar da genellikle benim bunalımlarım ve özgürlük tutkum yüzünden yaşanıyordu. Ona göre ben 'Şımarık ve bencil' bir çocuktum. Hırsla söyleniyordum:

"Senin burada gerektiğinde konuşabileceğin, sırrını paylaşabileceğin arkadaşların var. Peki, benim kimim var bu ıssız dağ başında? Herkes bana yabancı. Burada kimseyle dostluğum, arkadaşlığım yok, kuramıyorum. Ya da böyle bir çaba hissetmiyorum diyelim. Haftanın bir gününü İstanbul'da arkadaşlarımla geçiriyorum, orada kalıyorum diye evde kıyametleri koparıyorsun. Benim de kafamı dinlemeye ihtiyacım var. Benim dostlarımla iki kadeh içmeye, şiirden, edebiyattan, ülkenin ve dünyanın ahvalinden konuşmaya hakkım yok mu?"

Esasında çoğu zaman ona haksızlık ettiğimi şimdi düşünüyorum. Yıllardır canım istediğinde, kafam bozulduğunda kapıları çarpıp giden bendim. Kafasına koyduğunu yapan, dediğim dedik, inatçı bir tabiatım var. Daha önceki "vur patlasın çal oynasın günlerimde" bir kadına bağlandığım ve hayata dair sorumluluklarım hiç olmamıştı. Yasemin'i tanıyana kadar serseri bir hayatım vardı. Onun da özgür ruhlu ve serseri olmasıydı belki de beni çeken, Tanıştığımız günlerde birlikte sabahlara kadar içiyor, dans ediyor, eğleniyor ve sevişiyorduk. Onu tanıyıncaya kadar, gülen tatlı bir yüz, içten bir öpüşme ya da içimi yakan sıcak bir bakış bana yetiyordu. Kolay bir avdım kadınlar için ya da basit bir kadın avcısı. Birlikte içilen içkiler, havaya kalkan kadehler, cam cama, can cana muhabbetler, yerlere serilen gül yaprakları, havada uçuşan kahkahalar, sarılmalar, kucak kucağa dans etmeler arzu ve ihtirasla biten; ter ve ten kokusunun karışımı geceler.

Okul sonrası fabrikada işe başlamam ve o güne kadar benim hiçbir isteğime hayır demeyen baba evinden ayrılmamla birlikte, yaşamda sorumluluk ve ev geçindirmek gibi dertlerin de olduğunu geç de olsa anlamaya başlamıştım. Yasemin'le birlikte geçici sevdaların yerini ilk kez şefkatli bir kadın sevgisi almış, onun özlemi, aşkı beni çekip çıkarmıştı bu dipsiz kuyudan. İlk kez aşkın sıcaklığıyla kavrulmuş, iç huzuru bulmuştum. Geçmişimi yeniden sorgulamaya başlamıştım. O güne kadar süren ilişkilerimin, arkadaşlıklarımın yüzeyselliğini o zaman algıladım. Derinlikten yoksun, günübirlik olmamalıydı artık hayatım. İkimiz de çalışıyorduk ve yeni, anlamlı bir hayatı, birlikte yaratacaktık sevgimizle.

"Sevgi birlikte yiyip içmek, gezip eğlenmek değildir yal-

*nızca" demişti bir gün. "Bir arkadaşının yalnızca ihtiyaç
duyduğunda kusmak için seni araması da değildir. Sevgi
hiçbir bencil çıkar ilişkisine dayanmamalıdır. Özlemek ve
özlenmektir. Aramak ve aranmak. Kullanmaya değil dost-
luğa dayalı eşit bir ilişki yumağıdır."*

İlk kez kendimle yüzleşiyordum. Yalnızlığımı o zaman
daha derinden algılamış ve korkmuştum. Belki de yıllarca
bu yalnızlık korkum yüzündendi birilerine yaslanma ihtiya-
cım.

Beni genellikle arkadaşlarımın işleri düştüğünde aradığı-
nı fark ettim. Bu da benim daha çok içime kapanmama,
yalnızlaşmama yol açıyordu. Zamanla Yasemin hayatımın
tamamını kaplamıştı, onsuz neredeyse hiçbir yere gitmiyor-
dum. Aynı evi paylaşmaya karar verdikten sonra işten arta-
kalan bütün zamanlarımız da birlikte geçiyordu. Bu kasa-
bada boğulana kadar.

Şu anda içimi dökebileceğim kimsem yok.

O gitti ve ben yapayalnız kaldım. Acı içindeyim.

Peki, o acılarla baş başa kalmadı mı? Her hafta sonu
Yasemin'i burada, ormanın kıyısındaki ıssız dağ başı kasa-
basında yalnız bırakıp şehre kaçan ben değil miydim?

Onu yalnız bırakıp gittiğimde o ne yapıyordu? Bunları
düşününce kendi bencilliğime daha fazla kızıyor, içim ürpe-
riyor, daha çok üşüyordum. Hareketsiz kalmaktan ellerim
ayaklarım iyice uyuşmuştu, soğuğu hissetmiyordum artık.
İçim üşüyordu. İnsan bilmeden sevdiklerine ne çok zalimlik
yapıyor.

*"Bu kasabaya ilk geldiğimiz günlerdeki adamı özlüyo-
rum" demişti bana. "O adam sevgi, heyecanla doluydu.
Dönüşünü özlüyordum. Hasretle kokluyordun beni, ilk*

âşık olduğumuz günlerdeki gibiydik. Aşkın iyisi altı ay sürer diyen eski arkadaşlara inat ilk birkaç yılımız aşkla doluydu. Her akşam başka bir yere gidiyorduk. Hafta sonları ormanda uzun yürüyüşler yapıyor, bazen deniz kıyısına gidiyor orada sabahlıyorduk. Ne çok şey paylaşabiliyormuşuz demek. Şimdi nerede o günler aşkım?"

Nerede o günlerimiz? Neyi kaybettik biz ve ben hafta sonları şehre arkadaşlarımın yanına koşarken neyi arıyorum? Artık vardiyalarımızın uyuşması için bile çaba göstermediğimi acıyla fark ettim. Ona bile uyum sağlamıştık demek. Fakat onu ne kadar çok üzdüğümü, canını yaktığımı nasıl fark etmemişim. Fark etmedim mi?

Bu akşam da yine onu can evinden vurmuştum.

"Artık dayanamıyorum, sabrım buraya kadarmış, bitti bu iş!" demiş ve gitmişti. Onun da benim kadar özgürlüğüne düşkün olduğunu ne çabuk da unutmuştum.

Akşam "Okuldan bir grup arkadaşla Kaçkar dağlarına çıkmaya karar verdik tatilde" demiştim. Aybaşında izne çıkacaktım. Ben özgürlüğü yaşadığımı düşünürken o bizi yaşatmaya gayret etmişti yıllarca. Bardağı taşıran son damlaydı belki bu akşam. "Ben de özgür olmak istiyorum artık. Gideceksen temelli git de ben de kurtulayım, sen de..."

"Artık seni anlamıyorum" diyordu, *"bu kadar ince ayar acı çektirmeyi nasıl başarıyorsun?"*

"Tonlarca dayak yesem bu kadar acı çekmem inan bana. Senden önceki sevgilim vur elli biriydi. Olur olmaza dayak yerdim. Bir keresinde bitsin bu işkence kökünden diyerek bileklerimi doğradım. Hastane yakın olmasa kurtulmuştum temelli. İki gün yoğun bakımda kaldım. Ne mi hissettim o anda? Ölümün tatlı öpücüğünü; ölüm soluk soluğa yanı başımdaydı. Hayatım bir film şeridi gibi geçmedi

gözlerimin önünden. *Hayır. Bir hafiflik duygusu yalnızca, tüy gibi bir hafiflik. Dünyanın bütün yüklerinden kurtuluyorsun. Kurtulamadım. O adam dünyanın en belalı adamlarından biriydi. Ondan kurtuldum ama senin onursuzun oldum. Sen kendi keyfince yıllardır gezip tozuyorsun. Bence sen eski serseri hayatını özlüyorsun. Sokakları. Başıboş, sorumsuz gezdiğin yıllarını, eski aşklarını. Her gidişinde seni onlarla birlikte kurguluyorum. Rüyalarımda bile o kadınlar üzerime geliyor. Lanet olsun. Hayatımda ilk kez bir adamı kıskanıyorum. Eski sevgilim de beni kıskanırdı. Bu yüzden defalarca dayak yerdim. Şimdi sen gitmekten, uzaklaşmaktan söz edince sanki kalbime binlerce ok, yüzlerce zehirli hançer saplanıyor, elimde değil. Ya temelli çek git ve bana acımayı da bırak. Ben kendi ayaklarım üzerine durmasını bilirim. Ya da bırak ben yoluma gideyim.*"

Ve kararlı bir şekilde kapıyı çarparak gitmişti.

Kapıyı açtım, arkasından yürüdüm. Ayaklarım çıkış kapısına kadar onu izledi. Şaşkındım. Ne yapacağımı, nasıl davranacağımı bilmiyordum. Giden hep bendim oysa. İlk kez hazırlıksız yakalanmıştım. Gece karanlık, sokaklar boştu. Gerçi kasabanın ışıkları yanıyordu hâlâ ve dükkânların çoğu açıktı bu saatte.

Peşinden sessizce ana yola kadar yürüdüm. Sitenin durağında minibüsler yolcu bekliyordu.

"Peşimden gelmeni istemiyorum" dedi. "Biraz düşüneceğim. Her yolun bir sonu vardır ya bizim yolumuz da buraya kadarmış. Seninle her şeyi tüketmek istemiyorum. Lütfen gelme."

Yoldan geçen minibüse atlayıp gitmişti.

Sitenin geniş sokaklarında, orman kıyısında başıboş, amaçsızca yürüdüm. Kafam balyoz yemiş gibi uğulduyordu. Üzgündüm. Onun nasıl acı çektiğini anlamaya başlamıştım. Ben hep kendi bencil isteklerimin adını özgürlük koyarak ardı sıra koşuyordum. Onu düşündüğüm yoktu. Eski arkadaşlarımın çoğu bir kadına bağlanıp fabrikada çalıştığım ve bu ıssız kasabada yaşadığım için beni suçluyordu. Aslında hepsi de günübirlik eğlence dostlarıydı, ben aramasam kimsenin hatırımı sorduğu da yoktu. Onları arayıp bulan yine ben oluyordum. İlk kez hayatımdaki boşluğun büyüklüğünü dehşet içinde kalarak hissediyordum. Çaresizdim.

Oysa Yasemin yıllardır iş dışındaki bütün zamanlarını benimle geçirmişti. Hiçbir karşılık beklemeden sevmişti. Onun yanında kendimi bir bebek gibi hissettiğim olurdu. Çocuğuymuşum gibi şefkatle severdi beni. Ne kadar da iyi gelirdi içimdeki gizli yaralarıma. Öperek iyileştirirdi yaralarımı. Oysa ben yıllardır onun anne olma isteğine karşı çıkarak sorumluluktan kaçıyordum. "Daha zamanı değil, henüz çok erken." Oysa onu öldürdüğümün farkında bile değildim.

Gökyüzü koyu bir sis perdesinin ardından morarmaya başladı. Ufuktaki kalın morluğun ardından kızıl ışıklarıyla gün ağarmaya başlıyordu.

Ben balkonda kımıldamadan bu eşsiz tabloyu seyre dalmıştım. Ağaçların üzerine düşen çiy damlaları üzerime mi yağmıştı ne, ıslanmış ve üşümüştüm.

Tarlanın ortasındaki yalnız top ağaç her zamanki vakur sadeliği içinde hayata meydan okuyordu. Ona 'günaydın dostum' derken artık ona özenmediğimi fark ettim. Çirkindi. Yalnızlık korkutucuydu. Oysa çiy damlaları içinde ve yan yana sırt sırta vermiş binlerce yapraktan oluşan dallarıyla, yapraklarıyla kocaman bir bahçeye, dev bir ağaca benzeyen orman; güven ve huzur veriyordu içime şimdi.

Demek buna ihtiyacım vardı: Mutluluk, huzur ve güven. Ona ne kadar çok acı çektirmişim allahım.

Gecenin içinde bir tıkırtı duyar gibi oldum bir an. Ev sessizlik içindeydi. Ürkütmekten çekinen minik ayak sesleri. Kalbim hızla çarpmaya başladı. O mu gelmişti yoksa? Geceyi dinledim. Yatak odasının kapısı mı inledi. Yok, yok bana öyle geldi galiba. Gece sessizlik içindeydi. Çıt yoktu. Sessiz bir çığlık gibiydi evin içi. Demin duyduğum ses kedimize mi aitti. Öyle olsa beni arayıp bulmaz mıydı? Bir koltukta uyuyup kalmıştır o da. Yasemin'in gelmiş olabileceğine ihtimal vermiyordum. Uykusuzluk beni iyice yorgun düşürmüştü. Sesler beynimin bir oyunu olmalıydı. O geri dönmeyecekti, biliyordum.

Çok inatçı, dediğim dedik bir kadındı. Peki, ama nereye giderdi bu gece yarısı? Ablasına uğrayabilirdi belki, fabrikadan tanıdığı birkaç kız vardı gidebileceği, bir de ara sıra türkü dinlemeye gittiğimiz Cafe'nin sahibi Zeynep arkadaşıydı onun. Ya da otele giderdi kim bilir, sabahın olmasını bekler, uzaklara, doğduğu kente, ailesinin yanına giderdi. Ya da benim hiç bilmediğim uzaklara. Ya ben dağa tırmanmaya gittiğim ya da şehre gittiğim zamanlarda gitmeye karar verseydi ve ben döndüğümde beni bekleyen bir kadın yerine bomboş bir evle karşılaşsaydım? Eninde sonunda olacağı da bu değil miydi? Nasıl gitmesine izin vermiştim. Ne yapabilirdim ki, onu zorla durduramazdım. Hem ortada bir haksızlık varsa bana aitti.

O yıllarca benim bütün gidişlerime sessizce, metanetle katlanmasını bilmişti. Ya ben? Hırsımdan kuduruyordum.

"Kıymetini bilmiyoruz aşklarımızın."

Bunu ona yıllar önce ben söylemiştim. Yeni tanışmıştık. O başka birisini seviyordu. Ben de ona olan aşkımı böyle anlatmıştım.

Ben kıymetini bilmiş miydim onun aşkının?

O benim aşkımı anlamış ve beni sevmişti. O çok sevdiği özgürlüğünü feda ederek benimle bir hayatı paylaşmış, bu kasabaya gelmiş, en doğal annelik duygusundan mahrum, yalnız bir yaşama sessizce boyun eğmişti. Neyin uğruna? Onun içinde neleri öldürmüştüm kim bilir? Araya yıllar girdi. İçimdeki aşk azalırken 'vahşetin çağrısı' gibi beni eski günlere çağıran içimdeki mefistonun sesi büyüdü. Özgürlük, özgürlük diye haykırıyordu içimdeki mefisto. Ve ben vahşetin çağrısıyla ondan uzaklaştıkça Yasemin sararıp soluyordu. Onu yavaş yavaş öldürüyordum.

Bir gece bir sevişme sonrasında acı içinde yalvarmıştı bana: "Ne olur beni bir kerede öldür. Ölüme razıyım. Ama yavaş yavaş ölmek, inan buna dayanmak çok zor."

Ve sevgilim bugüne kadar sabırla dayanmasını bilmişti. Sabır taşı en sonunda çatlamıştı işte.

Sersemlemiş bir halde tuvalete doğru yürüdüm. Yüzümü yıkayıp erkenden otogara gidecektim. Belki uzaklara gitmeden önce onu bulup geri çevirmeye çalışırdım. Ayaklarımı zorlukla sürüklüyordum. Holdeki aynada kendimle yüzleştim. Berbat görünüyordum. Yatağa gidememiştim, onsuz o yatağa girmeye hakkım yoktu. Onu incitmiştim. Onu kırmıştım.

Sabahın ilk ışıkları odaya vurmaya başlamıştı. Sırtıma paltomu almak üzere yatak odasına doğru yürüdüm. Odanın kapısı aralıktı. Yatakta bir karaltı fark ettiğimde kalbim yine hızla çarpmaya başladı. Heyecanlandım. Bir sevinç dalgası sardı bedenimi. Onu tam kaybettiğimi, bir daha göremeyeceğimi düşünürken o, gelmişti işte. Yorganı iyice üzerine çekmiş dertop olmuştu. Tarladaki tek top ağaç gibiydi. Usulca yorganı kaldırdım. Ellerini göğsüne kavuşturmuş yaprak gibi titriyordu. Ağlıyordu. Yatağın önünde yere çömeldim. Dizlerimin üzerine oturup ince, zarif yüzünü avuçlarımın arasına aldım. Sorgulayan, yalvaran bakışlarla beni süzüyordu.

"Üzgünüm" diyebildim yalnızca "çok üzgünüm."

Kokusunu unuttuğum annem gibi okşadı saçlarımı. Gözleri bağışlayıcıydı, şefkat ve acımayla bakıyordu. Ellerini uzatarak yüzümü avuçlarının arasına aldı.

"Üşümüşsün sen de çilli çocuk" dedi. "Üşüdüm" dedim.

Yatağa yanına sokuldum, onun titreyen narin bedenine sıkıca sarıldım. O yatakta yaprak gibi titriyordu.

"Hasta olacaksın sen" dedim. "Yat dinlen biraz. Ben sana işten izin alırım. Birlikte dinleniriz. Ben de çok yorgunum."

Ellerim onun sıcak bedenini okşuyordu. O bir yar şefkatiyle beni azarlıyordu:

"Sen de uyumamışsın deli çocuk. Beni merak etmemeni söylemiştim sana. Hani bana bu dünyada hiçbir dostum yok derdin ya. Hani benim burada çok dostum, arkadaşım vardı ya, yalanmış hepsi. Türkü Cafe'ye uğradım ilkin; Zeynep, beni üzgün görünce iyi olup olmadığımı sordu yalnızca. Ben de memleketten haber geldi annem hastaymış ona üzüldüm diyebildim. Herkes kendi dünyasında gülüp eğleniyordu. Kimsenin keyfini kaçırmak istemedim. Gerçek dostluk sorunlarınla arkadaşının kafasını şişirmek değildir, olmamalıdır bence. Sevdiklerinin üzülmesini istemiyorsan sıkıntılarına ortak etmeyeceksin onu. Ben çok mu ince düşünüyorum, ince düşünmeliyiz bence. Kendi içimize derin yolculuklar yapmalıyız. Sevgilim, derdimi kimselere anlatamadım, paylaşamadım. Ablama uğradım, senin gece vardiyasında olduğunu, sabah geleceğini, hava almaya çıktığımı söyleyebildim ancak. Yıllardır sırrımı paylaştığım ablama bile sığamadım, ona bile derdimi anlatamadım. Aslında orada yatacak, sabah memlekete gidecektim. Belki orda seni unuturdum. Odanın içinde dolanıp durdum. Uyuyamadım. Seni düşündüm. Bir keresinde bana çok kızmıştın. 'Yakamı bırak, artık seni sevmiyorum' demiştin. O gün ben de aynı kızgınlıkla sana cevap verebilir, hakaretler yağdırabilirdim. 'Üzgünüm' diyebilmiştim yalnızca. Ne yazık ki ben seni çok seviyorum. Aşk onur tanımıyor sevgilim."

Dağlara tırmanmak küçülüyor gözümde.

Onu bir daha bırakıp gitmemeye karar veriyorum.

Hayatın boyunca tarladaki tek top ağaç oldun da ne oldu sanki, bir tek gerçek dostun mu var dünyada?

Yasemin üzgün bir sesle soruyor: "Değer miydi?"

"Değmezdi" diyorum fısıltı halinde. "Seni üzmeme hiç değmezdi aşkım."

Ekim 2005, Ç.köy

HÜZÜN

Ey köyleri hududa bağlayan yaşlı yollar
Dönmeyen yolculara ağlayan yaslı yollar

Faruk Nafiz Çamlıbel

TÜKENİŞ

İstanbul'un trafiğinden, boğucu, sıkıcı havasından ve insan kalabalığından uzaklaşıp göz alabildiğine dümdüz, yemyeşil ovalarda yolculuk yapmak beni oldukça dinlendiriyordu. İstanbul'a otobüsle üç saat uzaklıktaki bu işçi kentinde; çalıştığım gazete için incelemeler yapmış, zamanla epeyce insan tanımıştım.

Doğrucu Fevzi bölgenin yerlilerindendi. Yirmi yıllık işçiydi ve bölgeden haber akışı sağlayan gönüllü muhabirimizdi. Onunla bir fabrika direnişinde tanışmıştım. Fabrikanın temsilcisi olarak uzun yıllar işçilerin örgütlenmesinde önemli görevler üstlenmişti.

Eşi Nebiye de aynı işyerinde çalışıyordu, o da fabrikanın öncü işçilerindendi. Onları tanıdıkça geleceğe daha umutlu bakıyordum, onlar benim öğretmenlerimdi. Onlar da bende gençliklerindeki coşkuyu görüyormuş. Daha tanıştığımız ilk günden beni evlerine konuk ettiler. İki kızlarıyla sıcak, mutlu bir aile yaşantıları vardı. Kasabaya geldiğimde onlara uğramadan gidemez olmuştum.

Fevzi bölgenin yapısını, işçilerin ruhsal durumunu, sosyal konumlarını, işten atmaların hangi fabrikalarda ne boyutlarda olduğunu çok iyi biliyordu. İşten atılmalar konusunda yaptığım incelemede bana yardımcı olacağına da söz vermişti. Her işin doğrusunun ne olduğunu söylediğinden adı Doğrucu'ya çıkmıştı. Fevzi açık sözlü bir insandı. Gerçeği bütün çıplaklığıyla konuşmayı severdi. Konuşurken dobra dobra konuşur, kimseye yaranmak gibi bir çaba içine girmezdi. Çıkarcılar ve ikiyüzlü insanlar bu yüzden onu sevmezdi. Örgütlenme ve işçileri bilinçlendirme konusunda oldukça deneyim sahibiydi. Sendika yöneticileriyle bu yüzden sık sık tartıştığını biliyordum. Sendikacılar binlerce insanın fabrika kapılarını aşındırdığı bir ortamda örgütlenmenin ve düşük bir zam da alınsa sözleşme yapmanın önemine vurgu yaparken o, işçilerin yüksek kazanç uğruna, kimyasal zehirlenmelerle yaşamını yitirdiği bu ortamda şartların bütünüyle düzeltilmesi, işçilerin gerçekleri bütünüyle kavraması ve kendi sorunlarına sahip çıkması gerektiğinde diretiyordu.

Karısı Nebiye 1978 Bulgaristan göçmeniydi. Genç bir kız olarak geldiği o yıllarda Türkiye'de "sosyalizm geldi, gelecek" tartışmaları yapılıyordu. Sol gruplar arasında bölgede de "Devrimin öncüsü kim olacak" tartışması yapılıyor, çatışmalar yaşanıyordu. Nebiye "bir an önce devrimi yapın da kim yaparsa yapsın, ben hepinizden yanayım" diyerek restini çekmiş, tavrını belirlemişti. Ailesinin bütün sol gruplar ile olumlu ilişkileri vardı. Fabrikalar bölgesinde önemli bir sol grubun ateşli bir savunucusu olan Fevzi'yle arkadaşlıkları kısa zamanda aşka dönüşmüş ve evlenmişlerdi.

Fakat 12 Eylül darbesinden sonra gelen kasırgadan en fazla payı, bölgede yaşamını sürdüren Fevzi almıştı. Darbenin gelişiyle birlikte çok sayıda devrimci Meriç'in öte yakasına geçerek paçayı sıyırmıştı. Kaçmamakta direnen Fevzi gözaltına alınmış ve günah keçisi gibi bütün örgütsel eylemlerden sorumlu tutularak aylarca ağır işkenceler görmüştü. Onun zayıf bedeninde işkencenin bütün türleri denenmişti. Ve o işkenceden alnının akıyla çıkmasını bilmişti. Ödün vermemiş, direnmiş, suçlamaları reddetmişti. Üç yıllık ağır bir işkence ve hapishane sürecinin sancılarını hâlâ bedeninde yaşıyordu. Neredeyse bütün kemikleri kırılmış, tırnakları çekilmişti. Romatizma ve bel fıtığı da o günlerin yadigârı olarak yer etmişti bedeninde.

Fakat işkencenin yıkamadığı Fevzi'yi işsizlik yıkmıştı.

Onunla aylarca görüşememiştik.

Daha önceleri gazeteyi arar hatırımı sorardı. Heyecanla bölgedeki işçilerin durumundan ve neler yapılması gerektiğinden söz ederdi. Telefonu da susmuştu. Doğrucu arkadaşımı çok özlemiştim. Bölgede işten atılmaların ayyuka çıktığı günlerde kasabaya gitmiştim. Onu fabrikadan aradım, yoktu. Ben ısrar edince işten ayrıldığını, 'daha doğrusu çıkarıldığını' söylediler. Nebiye de işten çıkarılmıştı. Çok üzülmüştüm. Fevzi ve eşi bir kooperatif evinde oturuyorlardı. Kapıyı küçük çocukları açtı. Beni tanıyorlardı.

"Baba, gazeteci amca gelmiş."

Beni her zamanki gibi güleryüzle karşıladılar. İlk bakışta onların yüzlerinde ve evde işsizliğin tahribatını gözlemlemek olanaksızdı. Fakat bütün kapıların ardı ardına kapanması Doğrucu arkadaşımı oldukça etkilemişti. Organize Sanayi bölge işverenleri oldukça sıkı kenetlenmişti. Bir fabrikadan atılan işçiyi başka bir fabrika kesinlikle kabul etmiyordu. İstihbarat ağı çok sağlamdı. Hele Fevzi gibi tanınmış bir "komünist"i fabrikaların işe alması olanaksızdı. Eşi de bütün yeteneklerine, bilgi birikimine rağmen iş bulamamıştı.

Hem bu kez işten çıkartılmasında sendikanın parmağı vardı. Oldukça başarılı geçen direniş karşısında başka bir çıkış yolu bulamayan işveren, Fevzi'nin işyerine getirdiği sendika ile anlaşma imzalamak zorunda kalmıştı. Sendika yöneticilerinin ılımlı ve ödün verici yaklaşımları kimya sektörünün devlerinden olan işvereni oldukça cesaretlendirmişti. Fevzi'nin kalıcı, sendikanın ise geçici bir tehlike olduğunu kavrayan işveren, sendikayla uzlaşmaya ve onun işten çıkartılması için planlar yapmaya başladı. Fevzi'nin doğruculuğu onun işini kolaylaştırıyordu. Fevzi'nin sendikayla çelişkileri vardı. Doğrucu, sendikanın işçinin dirençli mücadelesine karşılık işverenle uzlaştığını ve düşük bir sözleşmeye imza attığını söylüyordu. Sendika yönetimi bu eleştirilerden oldukça rahatsızdı. Çünkü onun çevresi ve gücü uzun vadede ciddi bir tehlike yaratabilirdi. Bölgede kendi koltuklarının sallanması uzak bir ihtimal değildi. Bu nedenle işverenle yenilen bir akşam yemeğinde sendikacılar, 'tehlikenin bertaraf edilmesi' şerefine kadeh kaldırdılar. Ayrıca Doğrucunun burnunu sürtmek için eşinin çıkartılması da iyi olurdu. Bilimsel teknolojik devrim çağının gerçeklerini özümsemiş 'çağdaş sendikacılar', toplumsal uzlaşma görevlerini yerine getirmişlerdi. Fevzi işten çıkartılınca sendikacıların kendisine kapılarını kapattıklarını gördü. İşveren tazminatını ödemişti. Anlaşma sonrası işçiyi direnişe geçirmenin şartları da yoktu. Sendikanın uzlaşmaya yatkın kişilerden seçtiği yeni temsilciler de 'işveren ağzıyla' konuşunca "başka insanların ekmeğiyle oynamamak" için Fevzi suskunluğu seçmişti. Nebiye ise sendikanın bölge temsilciliğini ayağa kaldırmıştı. Bağırmış, çağırmış, ağzına geleni söylemişti oradakilere. "Elime bir şey geçmedi ama hiç olmazsa rahatladım" diyordu.

Tazminat parası kısa zamanda erimeye başlamıştı. Hazıra dağ dayanmıyordu. İşsizliğin ilk bir ayı sürekli iş arama ve beklemekle geçmişti. Fabrikalarda iş bulmaktan umutları kesilince, Nebiye, 'hiç olmazsa çalışalım, bir şeyler alıp satalım, pazarcılık yapalım, çocukların nafakası çıksın bari' demeye başlamıştı. Fevzi buna karşı çıkıyordu. O doğrucu olduğu kadar saftı. Onun yüzüne iş sözü verenlerin vaatleri ile avunuyordu hâlâ. Son ümidi ise yıllardan beri örgütlenmesinde çalıştığı, uğruna birçok fabrikadan atıldığı ama bir potansiyel güç olmasında katkısının olduğu devrimci sendikanın bölgede yeniden örgütlenmesinde yer alabileceğiydi. Eylül darbesiyle kapatılan sendika yeniden açılınca geçmişteki coşku dolu mücadeleyi yaşayan işçileri yeni bir heyecan dalgası sarmıştı. Fakat geçmişten bugüne şartlar ve düşünceler ve sendikacıların hayata bakış açısı oldukça değişmişti. Fevzi, bunun da farkında değildi. Belki de anlamak istemiyordu. Bölgede geçmişten beri sendikal mücadelenin öncüsü olan, kahrını çeken insanlar heyecanla bu gelişmeleri izlemiş ve kendilerine görev verilmesini, yeniden mücadeleci bir geleneğin yaratılmasını beklemişlerdi.

Oysa geçen zaman içinde birçoğu ticaretle, politikayla uğraşan ve "çağın değişimine ayak uyduran" sol sendikacılar şimdi bambaşka bir kimlikle karşılarına çıkmışlardı. İşçiler onlarda eski heyecanı, eski ruhu bulamadılar. Oysa birçoğu bölgedeki fabrikalarda çalışan, birlikte 'soğan, ekmek kırıp yedikleri' arkadaşlarıydı. Doğrucu onlardaki bu değişimi de anlayamıyordu. Bazıları değişse de, öncülerin "aynı kaldığını" ısrarla savunuyordu. Nebiye ise değişimin çok çabuk farkına varmış ve kararını vermişti:

"Bunlardan işçiye bir şey çıkmaz. Hepsi artık çıkarını düşünüyor. Sendikanın parasını nasıl bitirebiliriz onun hesabı içindeler" diyordu. "Ayrıca örgütlenmek, büyümek diye de bir dertleri yok. Amaç zaman kazanmak, sendikanın parası bitene kadar merkezde kalacaklar. Paraların bittiği zaman da kendi işlerinin başındalar; merak etme onlara hiçbir şey olmaz. Ne olursa sana, bana. Biz de şimdiden başımızın çaresine bakalım."

O günlerde büyük bir fabrikada direniş yaşanıyordu. İşçiler fabrika komitesi kurmuşlar ve gizlice solcu sendikada örgütlenmişlerdi. Mücadeleyi örgütleyenler yıllarca kendilerini işveren takibinden gizleyebilmiş devrimci işçilerdi.

Yüzlerce işçiyi üye yaptıkları halde sendika hiçbir varlık gösterememişti. Yönetimin ürkek, pasif, uzlaşmacı tavrı işvereni cesaretlendirmiş ve açığa çıkan işyeri komitesindeki bütün önder işçilerin çıkışlarını vererek kapı önüne koymuştu. Onlarca işçinin atılmasını yalnızca seyreden sendika yönetimi, direniş isteyen işçinin kararlı tavrı karşısında ne yapacağını şaşırmıştı. Sendikanın, "Yetki almadan müdahalemiz olanaksızdır" sözü işçilerin umutlarını iyice kırmıştı. Oysa o sürece gelmek uzun yıllar almıştı. Sendikanın desteği olsa başarı kazanılabilirdi belki. İşveren hem de çok kolayca muradına ermişti. Önder işçiler atılmıştı ve işyerinde kalanların işçileri tekrar o düzeyde toparlaması yıllar alırdı. Uzun yılların çabası ve emeği bir çırpıda heder olmuştu.

Fevzi yine de umutsuz değildi. O bölge insanını tanıyor ve kendisi bölge yönetiminde görev alırsa onları yeniden örgütleyeceğini ve direnişi zaferle bitireceğini düşünüyordu. Birkaç kez sendika merkezine gidip yöneticilerle konuşmuş, fakat beklediği yanıtı alamamıştı. O fabrikada başarının sağlanması sendikanın diğer fabrikalarda da çekim merkezi olmasına yol açacaktı. Bölge temsilcisi olarak işçilerin birliğini sağlayabilirdi. Umutluydu.

Kasabaya ikinci gelişimde Fevzi'nin umutları oldukça kırılmıştı. Sendika, onun bölge temsilciliğinde görev almasını olumlu karşılıyor ama ücret konusunda işverenlerden daha katı davranıyordu. Yıllarca gönüllü olarak yardımcı olduğu ve hep karşılıksız özveriyle, sevgiyle çalıştığı insanlar, yine aynı şekilde çalışmasını bekliyordu. "Ama" diyordu o "eskiden iki kişinin aylığı giriyordu bu eve. Çorbamız kaynıyordu. Ben atılsam karım çalışıyor, eve bakabiliyordu. Şimdi bizim bu bölgede iş bulmamız olanaksız. Bütün kapılar yüzümüze kapatılıyor. Zaten ben yıllarca hep gönüllü çalıştım."

Fakat yine de olanca saflığı ve doğruculuğuyla eski arkadaşlarının kendisini anlayacağına inanıyordu. Gerçi sendikacıların olayları uzaktan seyretmesi yüzünden direniş başarısızlıkla sonuçlanmış, işçiler yenilmişti ama gece gündüz çalışarak mücadelenin yükselmesine katkıda bulunacağına ve bu olanakların kendisine sağlanacağına inanıyordu. Umutları tükenmişti.

Kasabaya üçüncü gelişim aylar sonra olmuştu. Yine ailece işsizlerdi. Nebiye bu arada Bulgaristan'a gitmiş, oradaki değişimi gözlemlemiş, eski tanıdıklarıyla konuşmuştu. Üzüntülerini anlatmıştı. Yaşlı bir komünist ona "bize acıyana kadar sen git kendi haline acı" demişti. "Ben de işsizim sen de. Ama benim halkım bir devrim gördü, sosyalizmin güzelliklerini yaşadı. Şimdi kıtlık, kıran devri, dünyada sağcı rüzgârı esiyor. Bizim işimiz kolay olacak. Halk sonunda haklarına sahip çıkacak, buna inanıyorum, çünkü yaşamış. Ya siz ne yaptınız? Bir devrim yapabildiniz mi? Kurabildiniz mi işçi düzenini? İyi ya da kötü, düşündüm ve hak verdim yaşlı komüniste. Biz neyiz, neredeyiz ve ne yaptık? Buraya ilk geldiğimde ben herkesten devrimciydim. Silah, para, mal; canımı verebilirdim devrim için. Üzüntü de duymazdım. Belki mutlu bile olurdum. Şimdi ise canımı ancak çocuklarıma verebilirim."

"Kim kaldı çevremizde? Aylar var ki işsiziz. Kim kapımızı çalıyor biliyor musun? Borçlandığımız insanlar.

Geçmişteki devrimcilerin çoğu şimdi sosyal demokrat. Düzen partilerinde birer köşe kaptılar, iş, güç 'han, hamam sahibi' oldular. Şimdi insanları Ecevit'e, İnönü'ye oy vermeye çağırıyorlar. Yani düzene. Hani bunlar devlete karşıydı. Hani bunlar devrimciydi. Hak verdim o yaşlı komüniste."

Ben yalnızca susmak ve dinlemek durumunda kalıyordum. Fakat en büyük üzüntüm; yüzyılların sarsıntısıyla yıkılmamış, onca deprem ve doğal afetlere boyun eğmemiş, gür ve dimdik kalmayı başarmış dev bir çınarın çöküşü gibi karşımdaki insanların da yalnızlık ve umarsızlık içinde yıkılmaları idi. Sanki o çınar bütün gövdesi ve dallarıyla, ağırlığıyla benim üzerime çöküyordu. İçimden bir şeylerin koptuğunu hissediyorum. İsyan ediyordu yüreğim. Fakat o an ben de yalnızlık ve umarsızlık içinde kıvrandığımın bilincine varmıştım. Ne yapabilirdim? Umut ve sevgi, geleceğe güvenmek; güzel ve doğru sözlerdi. Fakat hayatın çıplak gerçeği ve yaşamın çetin koşulları da doğanın yasaları gibiydi. Gerçek yaz gibi sıcak ve dondurucu kış gibi acımasızdı.

Fevzi'nin zayıf bedeni sanki daha küçülmüş gibi geldi bana. Belki o her zaman öyleydi ben gözümde büyütmüştüm. Onu asıl yıkan çaresizlikti. "İşkenceye dayanırsın" diyordu. "Elektrik bir an gelir bedensel acı verir. Dişini sıkar ve dayanırsın. Sen ve canındır söz konusu olan. Direnirsin ve kendine hâkim olabilirsin. Peki, ben bu üç tane çocuğun bedenine nasıl hâkim olayım? Biz bunları okutmak, yaşatmak, bir yaşa getirmek zorundayız. Sen kolunu kesip sokağa atabilir misin? İşveren beni sokağa atar çünkü dışarıda aç sefil bekleyen her şartta çalışmaya razı olan yüzlerce, binlerce insan var. Gez bakalım sabahları fabrika kapılarını. İşe giden insan kadar iş arayan aç insanımız var. A. fabrikası iki yılda üç bin işçi çıkarmış. Ve üç bin işçi çalışıyor. Ne oldu? İki yılda fabrikayı yeniden sıfırladı. Tazminat derdi yok. Yüksek ücret yok. Yarın onları da temizler. Bir milyon değil de beş yüz bine kim çalışıyorsa onu alır. Bizim sendikacılar da şimdi onu yapıyor. Örgütlenme yapacak, iş yapacak, mücadeleyi yükseltecek adam aramıyorlar. Telefona bakacak, büroda oturacak, akşam içkisini yudumlayacak, oralarda lafazanlık yapacak bekçiler, 'kendileri gibi olacak' temsilciler arıyorlar. Bizimkiler de son model arabalarla, 'işçiler adına' lüks hayat yaşayacak."

Ben dilimin döndüğü kadar ona çevresindeki olumsuzlukların onu yıldırmamasını, bu yıkım günlerinin de geçeceğini söylüyordum ama nafile. Konuştuklarımın çoğu da kitabi, soyut söylemlerdi. İkna edici olamıyordum.

Kasaba; aydınıyla, solcusu-sağcısıyla, işçisi-memuruyla, esnafıyla akşamları içki havuzuna dalıyordu. Bütün kasaba parası olsun olmasın yerlisiyle, Göçmeniyle, Lazıyla, Türkü, Kürdü, Çingenesi, zengini ve yoksuluyla akşamları meyhanelerde doyasıya içiyordu. Unutasıya içiyordu. Çürütesiye, ölümüne içiyordu. Belki de işçilerin büyük çoğunluğunun üzüm gibi suyunun çıkartıldığını unutmasında bunun önemli bir payı vardı. İşçi işçiliğini, öğretmen memurluğunu unutuyordu. Sendikalar bu sofralarda kuruluyor, sol partiler sosyalizmi, sağ partiler düzeni bu sofralarda kurtarıyorlardı.

Son gelişimde ağzına içki koymayan Fevzi de bütün yokluğu ve sıkıntısına rağmen bu içki dolu "dertleri unutma" havuzuna kendisini usulca koyuvermişti. Nebiye isyanlardaydı. Fevzi eve her gece yıkılasıya sarhoş geliyordu. Çözümsüzlük çözümünü doğurmuştu. Umut umutsuzluğa, çare çaresizliğe dönüşmüştü. Yıllardır birlikte olduğu insanlardan hiçbiri onun kapısını çalmayınca ve en son ümidini bağladığı sendika da kendisine söz verilen yere asgari ücretle telefonlara bakacak bir emekli işçi oturtunca, kafasındaki bazı "doğru"lar bulanmaya başlamıştı.

Sendika eski sendika değildi. Geç de olsa kafasına dank etmişti bu gerçek! Sendikanın örgütlenmek gibi bir amacı kesinlikle yoktu. Öyleyse onu niçin işe alsınlar? Hem yarın onlara muhalif olup işçilerle birlikte onları koltuklarından etmeyeceği ne malumdu? Böyle olacağı da 'gün gibi aşikâr' iken ellerini ateşe atmaları düpedüz 'abesle iştigal' olurdu. Son gelişimde onu bir meyhanede buldum. Giyinişlerinden durumlarının oldukça iyi olduğu anlaşılan bazı insanlarla koyu bir sohbete dalmıştı. Beni aniden karşısında görünce oldukça şaşırdı, önce tanıyamadı. Körkütük sarhoştu. Uzun süre yüzümü inceledikten sonra gözü omzumda asılı duran fotoğraf makinesine takılınca sanki derin bir uykudan uyandı. Gözlerini iyice açarak:

"Vay gazeteci kardeşim benim!" diyerek boynuma sarıldı. Masada sohbet, muhabbet oldukça ilerlemişti anlaşılan. Şişeler devrilirken bir yandan da "iş" konuşuluyordu. Mallar alınıyor, satılıyor, ithal ediliyor, ihracata gönderiliyordu. İyi giyimli insanların hepsi de Doğrucu Fevzi'ye "bey" diye hitap ediyor ve oldukça saygılı davranıyordu.

Ben masadaki ortamdan, adamların yılışık konuşmalarından, küçümseyici bakışlarından oldukça sıkılmıştım. Fevzi'nin ısrarıyla bir bira içip izin istediğimde Doğrucu koluma yapışmıştı: "Bizde kalacaksın bu akşam. Gitmeyeceksin." Ben mutlaka İstanbul'a, gazeteye dönmem gerektiğini söylediysem de o, "dünyada olmaz" diyordu. "Seni bırakmam. Seninle mutlaka konuşmalıyız." Çaresiz oturdum. Sofranın bitimini beklediğimde o yıkılıyordu.

İçkiden sonra içtiği sade kahve onu biraz kendisine getirmişti. Daha uzun görüşmek üzere arkadaşlarından izin isteyerek ayrıldığımızda masada muhabbet devam ediyordu. Onu tanımakta epey zorlandığımı düşündüm. Sokağa çıktığımızda sallanıyordu. Koluna girdim. Sarhoşluğu hâlâ üzerindeydi. Bana uzun uzun arkadaşlarından, vefasızlıklarından, hiç arayıp sormadıklarından yakındı. Eski sendikacı arkadaşlarından tamamen ümidini kestiğinden söz etti. Ben fabrikalardaki şartların daha da ağırlaştığını anlatıyordum. Kendisiyle, yapacağımız incelemenin sonuna geldiğimi, bana yardım sözü olduğunu anımsatırken sözümü kesti. Kararlı bir tavırla:

"Ben o işlerle ilgilenmeyi bıraktım arkadaş" dedi. "Sen de kusura bakma. Kafam karmakarışık. Neyin doğru, neyin eğri olduğunu bile şaşırdım. Eskiden bir tek doğru var derdim. Ya ne oldu? Sonuç ne? Aylardır işsizim. Sendikadan altlarına son model araba çekip çocuklarını Avrupa'. da okutanlar 'Doğrucu bize yardımcı olsana' diyorlar. Yani gel gönüllü çalış. Babalarının hamalı vardı. Biz çalışalım onlar yesin. Yıllarca gönüllü çalıştığım yetmiyormuş gibi. Peki, niye benim çocuğum iyi şartlarda okumasın? Benim ne eksiğim var onlardan. Aynı fabrikalarda çalıştık. Ben hep onlardan bir adım, on adım ilerde oldum. Sonra? Onlar şimdi nerede, ben neredeyim?"

"Doğrucu, doğru..."

"Bak gazeteci kardeşim. İstersen yaz. Beni ayıpla tamam mı! Teşhir et. Aynen de böyle yaz. Onlar sosyalistse ben de doğrucuyum."

Bazen dili pelteleşiyor, sendeliyor, düşer gibi oluyor. Sonra yeniden kesik kesik konuşmaya başlıyordu:

"Doğrucu, doğru... Evet, evet doğrucuyum anasını satayım. Onlar aslan sosyal demokratsa ben de doğru yolcuyum. Onlar aslansa ben de kediyim. Onlar hep işçi sınıfını boğdular anasını satayım. Bak bu gördüğün godoş adamlar bana sahip çıktılar. Ha, babalarının hayrına mı? Beni çok sevdiklerinden mi? Ne gezer. Onlar da çıkarlarını düşünüyor. Ben de bundan sonra kendi çıkarımı düşüneceğim. Madem fabrikaların kapısını bize kapattılar. Ben de bu yaştan sonra fabrikatör olamayacağıma göre kendime göre bir yol bulmalıyım. Ben de onların karşısına geçeceğim. Ben de bir yol bulup çoluğuma çocuğuma ekmek götürmeliyim. Bu yaşta inşaatlarda çalışamam. Bedenim iflas etmiş. Nebiye de iş bulamadı. Bu adamlar ihracatçı. Para gani. İktidar kimde bunlar orada. Bunlar hiç muhalefete oynamaz, hep başımızdadır. Ne yapalım bugüne kadar boyun eğmedik. Şimdi ekmeğime boyun eğiyorum. Çocuklarım olmasa yine eğmezdim ya. Yabancı dil biliyorum. Bulgaristan'a mal satıyor; çoğunlukla da mal alıyorlar. Orada kereste ucuz. Artık onların yanında çalışacağım. Nebiye de çalışacak. Birlikte gidip geleceğiz. Belki de Bulgaristan'a yerleşiriz. Bilemiyorum. Kafam karmakarışık. Niçin benim çocuklarım da iyi şartlarda yaşamasın? Niçin ben de kafamı kullanmayayım? Artık dayanma gücüm tükendi. Bittim."

Fevzi olanca sarhoşluğuyla omzuma abanmıştı. O ağlamıyordu. Ama neden bilmiyorum ben ağlıyordum. Kelimeler boğazıma düğümleniyordu. Konuşamıyordum. Onu ayıplamak, onu yargılamak aklımın ucundan bile geçmiyordu. Ona umut verememenin kahredici hüznünü yaşıyordum. Ondan beter sarhoş durumdaydım.

Kapıya geldiğimizde içeri giremedim. Fevzi'nin yaslandığı kolum uyuşmuştu. O, anahtarla apartmanın dış kapısını açmaya çalışırken ben dönmüş gidiyordum. Gecenin ayazı yüzümü yalıyordu. Alabildiğine sarhoştum. Kolum kopuktu. Kalın bir balta darbesi kolumu koparıp sokağa atmıştı. Kolum beni çağırıyordu. Fevzi beni çağırıyordu. Ben duymuyordum. Sokakta kaybolan kolumu arıyordum.

Mayıs 1993, Ç.Köy

SOKAĞIN SESİ

I

MERYEM

Sokaktan iki el silah sesi geldi. Gidip bakmadım. Yine sarhoş birileri can sıkıntısını gideriyordur diye düşündüm. "Meryem, can sıkıntısı içindeydi. Balkonda sigara içip, sokağın sessizliğinde kafasını dinlemeye çalışıyordu. Aniden köşeyi dönüp yıkılarak yürüyen adamların silahlarını çıkarıp şakalaşmaları bile şaşırtmamıştı onu. Esasında farkına bile varamamıştı. Aklı hâlâ kocasıyla yaptığı tartışmadaydı. Tartışmaları öyle bir boyuta gelmişti ki, silahı olsaydı ya onun kafasına sıkardı ya kendisinin. Canından bıkmıştı iyice. Yukarıdaki ev sahibi sesini duymuştu sanki. İzmariti ağzını yakan sigarayı hırsla yere atıp çiğnerken alnında bir sıcaklık duydu. Temmuz güneşinde terlemiş gibi elini alnına götürdü. Kandı. Ilık bir sıcaklıktı."

Meryem'in kaza kurşunuyla beyninden vurulduğu gece, kanlar içinde götürüldüğü hastanede bize anlatılan hikâye buydu.

II

ERCAN

Onu hiç böyle görmemiştim. Bütün cesaretini toplayıp gelmişti. Ve hayatında hiç olmadığı kadar yalın ve net konuşuyordu. Belki de gelmeden önce birkaç hap atmıştı. Kafası iyiydi. Onu hep mahcup, utangaç haliyle tanımıştım. "Yahu konuşsana, bir şeyler de sen söyle" dediğim halde önüne bakıp yüzü kızararak susardı. "Ne diyeyim ağabey, sen konuşuyorsun ya" der başka bir şey demez, ağzını bıçak açmazdı. Bu akşam farklıydı her zamankinden. Yılların intikamını almak ister gibi bir hali vardı. İlk kez konuşuyordu:

"Neden biz böyle olduk halaoğlu," diyordu. Ercan. "Neden bana sahip çıkmadın? Dünyayı kurtarıyordunuz hani?"

Sıkıntılıydım. Bütün işlerim ters gitmişti gün boyunca. İki aydır ev kirasını ödeyemiyordum. Kimselere laf anlatamıyordum. Çocuklar yoktan anlamıyor, evin ihtiyaçları bitmek bilmiyordu. Kış gelmiş hâlâ kömür alamamıştık söz gelimi. Çocuklara palto, ders kitapları, motoru yanan buzdolabının taksitleri... Gibi, gibi, gibi dertler bitmiyordu. Bir de üstüne halaoğlunun derdi eklenmişti.

Hafta başında aramış, çok sıkıntılı olduğunu anlatmış ve eklemişti:

"Cumartesiye kadar bana bin lira bul yoksa seni defterimden silerim."

Onca yokluğun içinde onun sıkıntılarını anlayıp dinleyecek halim kalmamıştı doğrusu.

"Sileceksen sil ulan" diyemezdim. Çok darda kalmasa asla para istemezdi. Onu çocukluğundan beri çok severdim. Ailede, benden sonraki birkaç deliden biri de oydu. Ona ne diyebilirdim. İlk kez "yok kardeşim vallahi" dediğim zaman kendimden çok utandım. Meryem'in hastaneye yatıp ölümün ucundan kıl payı kurtulmasından sonra o da iyice kafayı sıyırmıştı. Kolay mı, gecesi gündüzü sandalye üzerinde kızın kaderini beklemekle geçmişti. İlk önce Meryem'in beynine takılan bir çiple durumu düzelmişken gece yarısı tuvalete gitmek için aniden yatağından kalktığında (günlerdir başucunda uyuklayan kocasına kıyıp da kaldırmamıştı yardım et bana diye) aniden baş dönmesiyle yere yuvarlanmış ve ameliyatlı başını kalorifer peteğine çarpmıştı. O kendisini sorumlu tutuyordu uyumasından dolayı, vicdan azabı içindeydi. Ben uyumasaydım bunlar başımıza gelmezdi, diyordu. Meryem'i yeniden ameliyata aldılar. Beynindeki jant kaymıştı. Düzeltmek için yapılan ameliyat başarılı olmamıştı. Beyin ölümü gerçekleşmek üzere iken ailesinin yardımlarıyla apar topar büyük bir özel hastaneye yatırdılar. Ölmedi. Ama sakat, özürlü kaldı Meryem. Gözleri görmüyordu artık. Konuşulanları belki duyuyor ama bir iniltiden başka belirgin bir ses çıkaramıyor. O, sandalye üzerinde uyuklayarak ya da parkta kanepelerde oturarak Meryem'in uyanacağı günü bekliyordu.

III

ENİŞTE

"Babamın beni bir kez olsun sevdiğini hatırlamıyorum. Ha, bir kez başımı okşamıştı. Beni hem dövmüş hem de başımı okşamıştı. İlkokul dörde gidiyordum. Sokakta çocuğun biri bana bir yumruk attı. Misket oynuyorduk. Ben de çocuğa bir kafa atıp suratını dağıttım. Babam her zamanki gibi beni bir güzel dövdü. Ama o gün ilk kez saçımı okşadı dövdükten sonra. Öyle hoşuma gitti ki. "Ben senin iyiliğini istiyorum oğlum" diyordu. Keşke beni hep dövdükten sonra sevseydi. Ona düşman olmazdım. O günden beri hiç sevdiğini göstermedi bana. Ne işkenceler yaptı bana. Aklı sıra dayakla yola getirecekti beni. Tabancanın kabzasıyla kafama kafama vurup öldürmekle tehdit etti beni. Deli adam, yapar biliyorum. Onun korkusundan dört ay saklandım. Yakalasa kafama sıkardı biliyordum. Ben ne yaptım? Ben de onun sevdiklerine zarar verdim...

Babamı hiç sevmedim mi, sevdim. İyi, değerli bir insan mı, belki senin gözünde öyle ama benim gözümde değil. Neden mi? Sen onun akşama kadar fabrikada çalışıp geceleri deniz kenarında köfte sattığı halini biliyorsun değil mi? Gece gündüz çalışarak aileye baktı, çocukları okuttu, sizlere bu evi yaptı diyeceksin. Bense onu anamın yatağında en yakın arkadaşının karısıyla yakaladığımda daha on bir yaşındaydım. Kadın anamın da arkadaşıydı. Birlikte babamı çimdirirlerdi. Öylesine rahat ve kendinden emindi ki annem. Bacı demişti ona. Küçüktü, ona sahip çıkmıştı. Bizden daha yoksullardı. Babam gecekondumuzdaki en küçük odayı onlara vermişti, yanımızda kalıyorlardı. Arkadaşının karısıydı. Anam ev temizliği için erkenden işe gitmişti. Onun kocası da iş bulurum umuduyla erkenden kahvenin yolunu tutmuştu. Ben yine okulu asmıştım. Bilirsin aram hiç iyi olmadı okulla. Alışamadık birbirimize bir türlü. Babamın fabrikada olması gerekiyordu. Oysa evdeydi. İzin mi alıp gelmişti işten yoksa hiç mi gitmemişti bilmiyordum, bildiğim anamın yatağında arkadaşının genç karısı, anamın küçük bacısıylaydı. Çırılçıplak sevişiyorlardı. Hırslandım. İçim içimi yedi. Eve dönmedim o gece. Sokaklarla arkadaş oldum. Bir çocuğun verdiği izmariti ilk kez o gece içtim. Kafam iyi olmuştu. O gün bu gün de bırakamadım. Hâlâ ilk günkü acı lezzeti ararım.

Sonra her sıkıldığımda, kafamın her daralmasında arkadaşım oldu sokaklar. Beni bağrına bastı, kucakladı. Sahip çıktı. Bugün bile en yakın arkadaşım onlar. Sizler yoktunuz halaoğlu. Sen de yoktun? Nerelerdeydiniz? Neden bana sahip çıkmadın, neden kulağımı çekmedin? Babama müsaade etmedim hiçbir zaman. Çünkü o suçluydu. En az benim kadar o da suçluydu. Benim kulağımı çekemezdi. Oysa ondan yediğim dayakları hiçbir polis atmadı bana. Sırtımda sopalar kırdı. Ekmek bıçağıyla üzerime yürüdü. Yakalasa keserdi biliyorum. O benden de deliydi. Kaçtım. En iyi sığınağım sokaklardı. Orada beni yargılayan yoktu. Sorgulayan yoktu. İyi arkadaşlar vardı. Benim için canını verecek kadar iyi arkadaşlar. Bugün en iyi arkadaşım kim biliyor musun? Dillerini, dişlerini hiç anlamadığım Kürtler. Ben ne bilirim. Vara vara, here here. Gel gel, git git. Onlar benim yanımda ikinci kanala geçerler anlamam, ama öl desem yoluma ölürler, canlarını verirler. Ben arkadaşlık diye buna derim işte. Oysa sen, hep örnek aldığım adam, nerelerdeydin, neden benim kulağımı çekmedin, neden doğru yol budur demedin?

IV

BABAM

Halaoğlum benim birinci sigarasının sonunu getirmek üzereydi. Gece yarısı sigarasız kalacaktık. Onun çocukluk günlerini düşündüm. Ben de okulla hiç barışık olmamıştım. Ben de baba dayağıyla büyümüştüm. Gerçi babamı bir başka kadınla hiç görmemiştim. Görmeye zamanım olmamıştı belki de. Evden temelli kaçmıştım. Geri dönmemiştim bir daha da. Mahalleye arada bir anamı görmeye, elini öpmeye gelirdim. Bir de geceleri yazılamaya çıktığımız zamanlar. Gecekondumuzun duvarına en güzel yazıları döktürürdüm. Babam başkaları gibi yazılarımızı silmez, öylece kalırdı. Geceleri pencereden uyuyan kardeşlerimi seyrederdim. Uzak bir hasretle, yakında devrim olacak ve biz yeniden kavuşacaktık. Yeniden bir aile olacaktık. Olamadık. Herkes kendi başına büyüdü halaoğlu. Sen de öyle. Bana kimse sahip çıkmadı diyorsun, bana kim sahip çıktı peki? Ben sokaklarla tanıştığımda sokaklar devrimcilerin elindeydi. Benim tek ve yegâne şansım belki de buydu. Oysa sen büyüdüğünde sokaklar işgal edilmişti. Devrimciler cezaevinde ya da işkence altındaydı. Sokaklar ite kopuğa kalmıştı. Senin bahtına da o düştü ne diyelim. Yanında olamazdım çünkü cezaevindeydim ben de. Uzaktan sizlerin durumunu düşünüyor, üzülüyorduk. Çıkan arkadaşlarımıza sokakları unutmayın diyorduk. Oradaki çocukları da, hepsi senin gibi olmadı. Senin yaşıtlarının birçoğu sıkı devrimci çıktı. Ölüm oruçlarına katıldılar. Yiğitliklerini başka alanlarda gösterdiler. Oysa sen hep kendine dönük yaşadın.

V

HALAM

Halaoğlum Ercan doğduğunda ben on beş yaşındaydım. Evden çoktan ayrılmış, arkadaşlarımla kalıyordum. Babamın hükmü geçmiyordu bana. Çalışıyordum. Gündüz işte geceleri derneklerde. O ilkokula başladığında, ben cezaevindeydim. Bitirdiğinde yeni çıkmıştım. Yeniden mahalleye dönüp bir gecekonduya yerleşip evlendiğimde, o sokaklarla yeni tanışmıştı. Hırsızlıktan ilk içeri düştüğünde on iki yaşındaydı. Komşunun demirlerini çalmaya kalkmışlar o da yakalayıp polise teslim etmişti. Eniştem ne kadar uğraştıysa da ikna edememişti adamı. Bir süre ıslahevinde yatıp çıktı. Okula değil sokaklara döndü yine. Ama benim tersime, onun yine dönüp durduğu bir evi vardı. Halam çok düşkündü ona. Sokaklarda kalmasını istemiyor, kucak açıyordu. Bir kez bile sitem ettiğini duymadım halamın. Çok kızdığında "bizim hayırsız" derdi yalnızca. Arayıp sormamasına takardı. Oysa onun bütün hayatıydı Ercan. Dünyanın öte ucunda yatsa mutlaka borç harç bulur onun ziyaretine giderdi. Ona yardım etmek için konuya komşuya el açtığı bile olurdu. Dayak pahasına sahip çıkardı oğluna. Enişte ne kadar sokağa atsa, adam ol ulan, diye kovalasa da, "onu bu hale sen getirdin utanmıyor musun" der sahip çıkardı halam.

Ercan'ın anasından sonraki tek yoldaşıydı Meryem. Onunla ortaokul yıllarında tanışmıştı. Davası olmuştu o yıllarda. Kimsenin onun çevresinde dolaşmasına izin vermemişti. Meryem de hoşnuttu bu durumdan, o da onu sevmişti. Kız liseye başladığı yıl birlikte kaçmaya karar vermişlerdi. Meryem'in ağabeyleri okumuş çocuklardı. Baskı kurmuyor, kardeşlerini anlamaya çalışıyorlardı. Saygı da duymuşlardı onun kararına. Fakat kardeşlerini okutmayı düşünüyorlardı çünkü çok başarılı bir öğrenciydi Meryem. Fakat delilikte kızın da ondan aşağı kalır yanı yoktu. Birbirlerini sevmişler, söz vermişlerdi. Evlendiler.

VI

SOKAKLARDA

Halaoğlu dolaptan çıkardığı iki şişe birayla geldi. Onun evinde oturmuş dertleşiyorduk. Onu hiç böyle yıkkın ve perişan görmemiştim. İyice dağıtmıştı. Epeydir içtiği belli oluyordu. Belki hap da kullanıyordu. Kafası o kadar güzel olmasa, dünyada böyle düzgün konuşamazdı. Mahcup oturur, öylece susar, haklısın ağabey derdi. Sen ne güzel konuştun, ben ne diyeyim. Demek Meryem bağlıyordu onun dilini. Belki de saygısından konuşmuyordu. Ama artık ar damarı çatlamıştı. Artık hesap sormaktan söz ediyordu. Herkes tek tek sorumluluklarının hesabını vermeli diyordu. Bu akşam da günah keçisi bendim. Neden ona sahip çıkmamıştım. Bozuk plak gibi buna takılıp kalmıştı.

Meryem şimdi hastane odasında ölümle pençeleşiyordu. Uzun süredir ölümü yenmek için olağanüstü mücadele ettiğini biliyordum. Fakat bir çocuğa dönüşen, zayıflayıp sıskalaşan ve her geçen gün daha da çok eriyen bedeni iflas etmek üzereydi. Ciğerleri su toplamaya başlamıştı. Verem başlamıştı. Cezaevinde de olurdu. Beden uzun süre yatalak kalırsa verem başlardı. Bu ölümün ilk perdesiydi. Ölüm bir daha da yakasını bırakmazdı adamın. Ta ki canını teslim edene kadar:

"Bana para getirdin mi halaoğlu?"

Ses tonunu hiç beğenmemiştim. Tuhaftı. Oysa hafta başında Meryem'in hastaneye yatması için para gerektiğini söylediğinde çok üzülmüş ve kendimce tedarikli gelmiştim. Üzerimdeki, bizi aybaşına zor yetirecek olan, üç yüz lirayı zor durumda kalan Ercan'la paylaşacaktım. O yüzden ses tonunun bozukluğuna aldırmadım. Üzerimdeki paranın tek cebime ayırdığım yarısını çıkarıp ona uzattım. O yarı sarhoş haliyle bir paraya bir de bana baktı. Bozuktu.

Başka zamanlarda hep zorla verirdim parayı. Almak istemez, utanır sıkılır, ben zorla cebine sıkıştırırdım. Oğlum al ihtiyacın olur.

Ben onun getirdiği birayı kafama dikerken o ayağa kalkmış odada volta atıyordu. Cep telefonu ikide bir çalıyordu. Göz ucuyla şöyle bir bakıyor telefonun uzun uzun çalışını seyre dalıyordu. Kim bilir nerelere hangi zaman ve mekânlara gidiyordu bu dalışlarda göremiyordum. Ama arada bir cevap verdiğinde çok meşgul bir işadamı edasıyla: "Ben şimdi halaoğlumla muhabbet ediyorum, birazdan işim bitince seni ararım" deyip telefonu kapatıyordu. Belli ki bir arkadaş çevresinin içindeydi. Pek de hayırlı bir çevreden değildi konuştuğu kişiler. Hoşuma gitmemişti tavır ve hareketleri. Beni rahatsız eden ses tonu muydu yoksa durmadan odanın içinde dolanıp duran ayak sesleri mi? Sıkılmıştım. Birayı son yudumuna kadar içtikten sonra hırsla ayağa kalktım.

"Ben gidiyorum Ercan. Sıkıldım bu oyundan."

Ercan benden biraz daha uzun boylu ve yapılıydı. Para masanın üzerinde duruyordu. Kendimi kötü hissetmeden buradan uzaklaşsam iyi olacaktı. Yoksa yaptıklarımdan, yapacaklarımdan pişmanlık duyacaktım. Vicdanım rahatsız olacaktı.

Ercan'ın yanına gelmeden önce eski bir tanıdıkla uzun bir telefon görüşmesi yapmıştım. Sevgilisi onu terk etmişti ve müthiş acılar çekiyordu. Bunalımdaydı. Ağır anti-depresan hapları kullandığını, tedaviye gittiğini söylemişti. Ona "en iyi tedavi insanın dostlarıdır, sıkıntını onlarla paylaşırsan azalır, rahatlarsın" diye güya akıl da vermiştim. "Canım kimselerle bir şey paylaşmak istemiyor. Hem bu bizim kültürümüzde yok. Sizin doğu kültürü ve aile ortamı dayanışmayı, dostluğu ön planda tutuyor, sen şanslısın, ben derdimi ablalarımla bile paylaşamıyorum. Oysa sen, ben dâhil bütün arkadaşlarının akrabalarının dertlerini paylaşıyor, ortak oluyor, çözüm bulmaya çalışıyorsun" demişti. Ona Ercan'dan ve Meryem'den ve onların uzun yıllara dayanan ölümsüz, vahşi aşkından söz etmiştim. Meryem'in isyan ettiği zamanlar tehditle, kendini yaralayarak ya da önce seni sonra kendimi öldürürüm diyerek vazgeçirmeyi başarmıştı. Birbirlerini deli gibi seviyorlardı ama öldürücü bir sevgiydi bu aynı zamanda. Eniştem onun sokakta kalmasını istememiş ona ve çocuklarına bir daire vermişti. İki oğlunu da halam büyütmüştü. Babasının silahla onu kovaladığı bir gece Meryem'le bize sığınmışlar, bir ay kadar birlikte yaşamıştık. Onun eve gelmediği bir akşam Meryem uzun uzun dert yanmıştı Ercan'dan. Beni çok severdi, belki beni dinlerdi. Askerliği en son çürük raporu alarak beş yılda zar zor bitirmişti. Uzun yıllar kaçmış her yakalandığında da askerden kaçıp Meryem'in yanına sığınmıştı. "Dayanamadım hasretine geldim." Onu anlıyordu. Bir çocuk saflığını taşıyordu içinde. Kimseye kötülüğü dokunmazdı. Ama sokaktaki arkadaşları onu kolay yoldan para kazanmaya alıştırmıştı. Bir türlü düzenli bir işe girip çalışamıyor, girse çalışsa bile haftasında kavga ederek ayrılıyordu. Meryem'le birlikte düzenli bir işe girip çalışması gerektiğini, kızın liseyi bırakıp ona kaçtığı günden beri çalışarak çocuklarına baktığını, onun da sorumluluk taşıması gerektiğini uzun uzun konuştuk.

"İçimdeki kötülüğü atamıyorum ağabey" demişti bir akşam. İçimde bir kötülük var, beni sokaklara çeken. Kolay para kazanmaya iten. Çalışamıyorum. Artık bana da bakacaksınız.

Esasında anasının nazlı kuzusuydu o. Halam bir dediğini iki etmemiş, ne istediyse vermişti. En sıkışık zamanlarında bile onun cebini harçlıksız bırakmamıştı. Ev temizlemeye gidiyordu halam. Onun çalışkanlığını, temizliğini seven bazı zengin kadınlar fazladan da görüyorlardı halamı. Ekmeğini taştan çıkartan insanlardandı halam. Fakat Ercan ne babasına ne de ona hiç çekmemişti. Okula alışamadığı gibi çalışmaya da alışamamıştı. Çalışamıyorum, deyip işin içinden sıyrılıyordu. Çünkü benim aracı olduğum üç işyerinden de kavgayla ayrılmıştı. İkisi benim yakın arkadaşlarımdı. Haksız olduğunu bile bile Ercan'ı savunmuş, arkadaşlarımı tek yanlı düşünmekle suçlamıştım. Çocuğun sorunları vardı, bunalımdaydı, biraz anlayışlı olmaları gerekirdi. Oysa söylediklerim bana bile inandırıcı gelmemişti. Fakat bu adaletsiz düzende o suçlu değildi. Onu yaratan şartları ve onun ruhsal durumunu göz önünde bulundurmadan onu yargılamak haksızlık olur diye düşünüyordum. Fakat yine de onun yaptıklarını onaylamam mümkün değildi.

VII

İNTİKAM

"Anamın ne günahı vardı? En yakın arkadaşının karısıyla adam yatar mı? Anamla on beş yıldır aynı yatağa girmiyor. Çocuklarımın anası diye bırakmıyor da. Hepimize, benim çocuklarıma da o bakıyor. Ama ben onu affedemiyorum. Benim gözümde adam değil o. Yanlış adam. Düşmanım o benim. O hayatım boyunca beni dövdü. Ona gücüm yetmedi. Onu öldürmeyi çok istedim, hâlâ da istiyorum. Beni kaç kez kovaladı. Biliyorum yakalasa öldürür, ben de sıkışınca kaçıyorum elinden. Ben de onun sevdiklerine zarar vererek onun canını acıtmaya çalışıyorum.

Bir gün babamın dostunun evine gittim. Babamın sayesinde onun da bir evi olmuştu. Kocası Arabistan'da çalışıyordu. O da anam gibi evlere temizliğe gidiyordu önceleri. Sonra bir şirkette çaycılık işi buldu. Onun arkasından otellerde çalışmaya başladı, kaşarın tekidir, geceliği şu kadar, diye çok söz işittim. Ama babam hiç toz kondurmuyor ona. 15 yıldır anamla yatağını ayırdığı günden beri gözü ondan başkasını görmüyor. Babamı kızdıracak, kudurtacak şeyin ne olduğunu iyi biliyordum. Onu en zayıf yerinden vuracaktım.

Bir gün dostunun evine gittim, dedim ya, niyetliydim. Vuracaktım. Pencereyi kırıp evine girdiğimde içerden büyük oğlu uyandı. Aldırmadım. Üzerimde büyük bir saldırma vardı. Kadını vuramazsam saldırmayla doğrayacaktım. Kadının uykusu ağırmış ki uyanmadı. Saçlarından hırsla çekip kaldırdım. Şaşkın gözlerle baktı bana. Azrail görmüş gibiydi. Fakat yine de direndi. Şaşırdım. Böyle bir tepki beklemiyordum. Karyolanın demirine tutunmuş direniyordu. "Suçlusun" diyordum boyuna, "hesap vereceksin." İlk andaki Azrail görmüş hali gitmiş dişi bir aslana dönüşmüştü orospu. "Sen aynada bir kendine bak" diyordu. "Annen de, ben de, baban da küçüklükten beri çalışıyoruz. Ya sen? Onun bunun parasını çalmakla, gece yarısı kadınlara saldırmakla erkek olduğunu mu sanıyorsun? Baban kabul etse yıllar önce evlenirdik. O sizleri anasız koymamak için evlenmedi, ben kendimi bildim bileli onu sevdim. Sevmek suçsa öldür beni." Dedim ya niyetliyim. O gece temize havale edip işini bitireceğim. Annemin acıları son bulacak en azından. Geceleri yalnız yatmaktan korkardı annem. Çok üşürdü. Beni koynuna alıp yatardı. Onun koca memelerinin arasında huzur bulurdum. O hep babamın dostunu kötülerdi. O yoldan çıkarmıştı babamı. O olmazsa beni de dövmezdi babam. İyi bir adamdı aslında, gece gündüz çalışırdı. Fabrikadan atılınca inşaatlarda usta olarak çalışmaya başladı. Elinden her iş gelir, beceriklidir. Şeytan kadın onu baştan çıkarmasa gül gibi geçinip giderdik, ben de sokakları özlemezdim, kaçmazdım.

Kadını yataktan koparamayacağımı anlayınca onu oracıkta boğmayı düşündüm. Oysa önce onu konuşturup rahatlamak istiyordum. Acı çektire çektire öldürecektim fikrimce. Bütün gücümle boğazına yapışıp sıkmaya başladığımda kafama ve sırtıma gelen darbelerle sarsıldım. Kadın ellerini yüzüme geçirip cırmık atıyor, can havliyle çırpınıyordu. Yüzümdeki acıyı düşünmüyordum. Fakat kafama gelen ani sopa darbesiyle sersemleyip bir an kadının yumuşak karnına gömüldüm. Bacakları çıplaktı ve anamın kokusunun dışında ilk kez başımı döndüren bir kokuyla sersemledim. Onun içinde olmayı arzuladı bedenim, demek babamı baştan çıkartan da bu çıldırtıcı dişilik kokusuydu. Başımı tutarak doğrulduğumda büyük oğlu (benim akranım) elinde kalın bir sopayla karşımda duruyordu. "Bırak annemi defol evimizden." "Seninle işim yok," dedim ona, "çekil karşımdan." Çekilmeye niyeti yoktu. Kadın da yatağından doğrulmuştu. Durmadan bağıra çağıra konuşuyordu. Komşular gürültüye uyanmıştı. Kadın "yetişin adam öldürüyorlar" diye bağırıyordu. Oğlu üzerime geliyordu. Dedim ya niyetli gitmişim. Kaçarı yoktu. "Gelme üzerime," dedim yine, "benim işim annenle." Sopayı kaldırıp üzerime yürüyünce saldırmayı çekmemle çocuğun kucağıma düşmesi birkaç saniye sürdü. Karnından oluk oluk kan boşaldı. Kadının üzerime saldırması da o anda oldu. Ortalık kan deryasına döndü. Kadının apış arasının bile kanadığını düşündüm. Bir anda içimde büyük bir boşalma oldu. Ferahlayacağımı umut ederken kalbimin sıkıştığını hissettim. Saldırmayı koynuma sokup yine geldiğim yerden gecenin karanlığına karıştım. O gece annemin feryatlarına, kadının ve oğlunun ağıtları karıştı. Komşuları kapıyı kırıp içeri girdiğinde ikisi de baygınmış. Aylarca hastanede kaldılar. Kadın kolay yırttı da oğlu zor kurtuldu ölümden. Yine de şikâyetçi olmadılar. Helal olsun. Babam aylarca peşime düşüp aradı, bulsa canımı alır ya da ölesiye döver, yaptığımı yanıma koymazdı biliyorum. Canı yanmasa o kadar peşime düşmezdi. Oh olsundu. Ama yine de kadını bırakmadı, ona sahip çıktı. Beni yine de affetmedi. Hâlâ konuşmuyor benimle, karışmıyor da artık. Çocuklarım, karım ortada kalmasın diye verdi bu daireyi. Ben ölsem de onlara bakacağını biliyorum.

VIII

YOLCU

Seninle belki de son görüşmemiz olacak ağabey. Çok gerginim. Biliyorsun seni hep sevmiş saymışımdır. Belki bilmiyorsun ama ben de çok yardım ettim bizimkilere. Bilen biliyor. Şimdi de onlar yardım ediyor. Bana yol göründü. Abbas yolcu, anlayacağın... Ayvalık'tan bir şilep ayarlandı, artık kaderimde ne varsa, ölür müyüm, kalır mıyım, hakkını helal et.

Geçmişte kucağıma alıp gezdirdiğim, parklara götürüp oyunlar oynadığım, sevimli haşarı çocuk büyümüş kocaman adam olmuştu. Meryem'i bırakıp nasıl giderdi? Şimdi uzun parmaklı iri ellerini başına koymuş karşımda hüngür hüngür ağlıyordu. Ona sarıldım. Uzun saçlarını okşadım. O durmadan ağlıyor, ağlıyordu. Sanki yılların acıları, birikimleri, hoyratlıkları, serserilikleri, ıslahevleri, işkence odaları, cezaevleri, sokaklar bu gözyaşları içinde yunup yıkanacak, unutulacak, yarın tertemiz umut dolu bir hayatın kapıları aralanacaktı. Birden Meryem geldi dikildi karşıma. Uzun sarı saçları, müstehzi gülümsemesi, dünyaya boş veren korkusuz, insanın içini yakıp kavuran bakışlarıyla, yatağa bağlandığından beri acıyla bakar olmuştu. Dünyanın anasını ağlatacakken ben bu hale düşecek insan mıydım, der gibiydi bakışları.

"Yarın yola çıkıyorum ağabey," dedi Ercan, bitkin iniltiye benzer bir ses çıkararak. "Senden onun için para istedim. Herkesi defterimden sildim, son ümidim sendin ağabey."

"Doktorlar Meryem'in yakında öleceğini söylediler. Annesi son günlerinde yanına almak istedi, ses çıkarmadım. Hem biliyor musun ağabey, onun ölümünden ben sorumluyum, onu ben öldürdüm. Bu vicdan azabına daha fazla dayanamam."

Hayatı boyunca çevresine korku salmış, sert acımasız bakışlarıyla tanınan Ercan geçmişin acılarını yeniden yaşıyor gibi ağlamaya başladı. Bir nöbet halinde uzun süre durmadı ağlaması. Şaşkındım. Şoka girmiş gibiydim. Ne yapacağımı, nasıl davranacağımı, ne söyleyeceğimi kestiremiyordum. İnsan nasıl bu kadar acımasız olabilirdi. Sevdiği insanı, aşkını nasıl vurabilirdi, aklım almıyordu. Olayı gözümde canlandırmaya çalıştım.

"Bu haplar beni deliye çeviriyor," diye başladı sözüne. Şimdi gözyaşlarını elinin tersiyle silmeye çalışıyor ve tane tane konuşuyordu. Her sözcüğün bir ağırlığı vardı artık.

"O gece de çok içmiştim. Üstüne hap atmıştım. İyi kafa yapıyordu. Uçuyordum eve giderken. Meryem yine başladı bana bağırıp çağırmaya. Gece yarılarına kadar hazır giyim atölyelerinde canı çıkıyormuş da, sorumsuzmuşum da, bir baltaya sap olamamışım da. Falan da falan, Car car konuşuyor, kafamı ütülüyordu. Beynimden ateşler çıkıyordu. Dayanamıyordum. Yeter ulan dedim. Ben çalışmayı denemedim mi, girip çıkmadığım iş mi kaldı, olmuyor kızım, el yanında yapamıyorum. En sonunda ya seni ya kendimi öldüreceğim. Dünyadan bir pislik eksilir kendini vurursan ama oğlum sende o göt nerde demez mi? Kan beynime çıktı. Belimden silahı çekmemle kafama dayamam bir oldu. O hâlâ beni tahrik etmeye devam ediyordu. Çekemedim tetiği ağabey, ölmek istemiyordum. Yaşamın güzelliklerini görmüştüm, belki bir şansım daha olmadığını da biliyordum. O kafa halimle bile tetiği çekemedim. Silah elimde kalakaldı. Meryem ki hep benden korkardı, o gün deli gözlerle bakıyordu bana. Sen zavallısın oğlum, diyordu. Yiğitlik ekmeğini namusunla kazanmakta, onu bunu korkutarak, çalarak caka satmakta değil. Vuracağım kız seni, dedim. Canıma yetti artık, ben korkak değilim. Akıllı ol, akıllı konuş yoksa çok fena olur, dedim ama ne fayda. Silahı şakağına dayadım gıkı çıkmadı. Sende o yürek nerde oğlum? Çek de şu acılarım son bulsun bari. Yine çekemedim ağabey, kıyamadım. Sevdiğimdi. Onun için canımı verirdim. Az kalsın ağlayacaktım. Birden silahın gevşeyen ellerimden kayıp onun ellerinde belirdiğini fark ettim. Ne olduğunu anlayamadan şakağına dayadı silahı. Yiğitlik öyle olmaz oğlum, dedi. Benim arkadaşlarım ölüm orucunda. Bir gün onların hatırını sordun mu, bir mektup yazdın mı, hepsi de çocukluk arkadaşımız. Senin gibi bir pisliğin kahrını çok... Sözleri yarım kaldı ağzında. Kurşun kafatasını parçalayıp geçti. Film gibiydi her şey dumanlıydı. Şaşkın hayret dolu bakışlarla bana bakarken kucağıma düşüverdi. Çocuklar, annemler, bütün mahalle gecenin içinde patlayan silah sesiyle odaya doluştular. O an o silah bana öyle tatlı göründü ki anlatamam. Nasıl ona uzanıp kendimi de onun kanlı başının yanına koyamadım hâlâ yanarım. Yapamadım, can tatlıymış. Ben korkağın biriyim, öyle olmasam ben cezaevinde ya da Meryem'in yanında yatıyor olurdum. İkisini de yapamadım. Yine onlar sahip çıktı bana, teselli ettiler. Pasaportumu, kaçış yolunu ayarladılar. Ben o ölmesin diye hastanede başından ayrılmadım. Sabahlara kadar dua ettim Allaha, onu bana, çocuklarıma bağışlasın diye. O ölürse yaşayamam. Ben de ölürüm. En iyisi buralardan kaçıp gitmek, kimselere derdimi anlatamadım. Para da isteyemedim. Hakkını helal et ağabey."

Cebimde bizi aybaşına kadar çıkaracak parayı, yüzüğümü parmağımdan çıkarıp zorla avucuna sıkıştırdım. Yeniden gözyaşlarına boğuldu. Ben de yılların acısıyla ağladım. O gitti.

Haftasına kalmadan öldü Meryem. O geceden sonra Ercan'dan hiçbir haber alamadık.

Mart 2007, Okmeydanı

NEŞELİ BOYACI

Güneş asfaltı iyice ısıtmıştı. Asfalt sıcaktı. Boyacı çocuğun yüzüne mutlu bir gülümseme yayıldı. Ne renkli bir gün geçirmişti bugün. Cebi parayla dolmuştu işte. "Annem çok sevinecek" diye düşündü bir an. Şimdi bir koşu boya sandığını alacak, mahalleye giden ilk otobüse binecek, evin yolunu tutacaktı.

Ah Mıstık diye düşündü, ne vardı kızıp da gidecek! Sen düşsen ben seni kaldırmaz mıydım? Karşı mahallenin çocuklarıyla kavga ederken senin ayağın tökezleyip düşmüştün hani, taş yağmuru altında ben seni kurtarmadım mı ha Mıstık, ne çabuk da unuttun o günleri?

Ne olurdu şimdi yanımda olsan, yine elini omzuma atsan, "Haydi neşeli, bu akşam da bi sinema yapalım" desen ne olurdu. Sokaktan iki külah çekirdek alıp yazlık sinemanın tahta iskemlelerinde çıtlatırken başka bir âlemin içine dalıp kaybolsak...

"Nasıl da uçuyorlar bu adamlar hava da böyle. Demek uçan tekme böyle atılıyor."

"Hazerfan baba Galata kulesinden ta Üsküdar'a kadar nasıl da uçuyor be kanka?"

Neşeli boyacı, güneşini kesip tepesinde biriken insan kalabalığına şaşkın gözlerle baktı.

Neden toplanmışlardı böyle. Cambaz mı vardı, at mı oynatıyorlardı? Biraz önce bağırırken niye yoktu hiçbirisi. Sinema dağılmış olmalıydı. Ah şimdi sinemanın yumuşak koltuklarına gömülüp bir güzel uyku çekseydi.

Çocukluğundaki atlar geldi aklına. Bazen de onları tele-

vizyonda at yarışlarında seyrediyordu. Nasıl da uçuyorlardı öyle. Kanat takmış gibi.

Ne olur insan Hazerfan baba gibi kanat takıp uçabilseydi. Gecekondunun bahçesine gelince inerdi. Ne hava atardı konu komşuya ama.

Cebindeki paraları anneye verince nasılda sevinecektir garibim.

Canı yine üzüm çekmiştir onun. Ekmek arası üzüm yemeyi ne çok seviyor. Benim de canım amma üzüm çekti, şöyle siyah siyah, iri iri üzümler.

Annesi bir gün manavdan bir kasa üzüm tanesi almış, çürüklerini bir güzel ayıklayıp yıkamış, koca siniyle getirip önlerine koymuştu. Kardeşleriyle hep birlikte, güle oynaya, şakalaşarak nasıl da bitirmişlerdi bir sini dolusu üzümü. Annemin yüzü gülünce nasıl da güzelleşiyor.

Ah Mıstık, ne vardı böyle küsüp gidecek. Haydi, gel de barışalım artık.

Nedense bir ağırlık çöktü üstüme. Hani çok yemek yiyince karnın şişer de uyumak istersin ya öyle işte. Sizin de başınıza gelmedi mi? Haydi beni rahat bırakın da şu sıcak asfaltın üzerinde birazcık kestireyim. Her yanım uyuşmuş sanki. Uyku da gözümden akıyor.

Birazcık kestirsem yeter zaten. Sonra kalkar giderim. Hem eve geç kalırsam annemin gözü yollarda kalır.

Epeyce dolaştı erkenden. Bugün pazar diye gün doğarken kaldırmıştı annesi. Sırtında rahmetli babasının yaptığı ağır tahta sandık ve tenekeden oturağıyla önce kahveleri dolaştı. Vardiya çıkışı uğrayanlar dışında kahveler henüz boştu. Onların da uykusuzluktan ayakkabı boyatmayı düşünecek halleri yoktu. Evden kahvaltı yapmadan çıkmıştı. Bir kahvenin önünde poğaçacıyla takas usulü, ayakkabılarını boyamak üzere anlaştı. Bir yandan karnını doyururken öbür yandan bugün nereleri dolaşacağının planını yapıyordu. İri yapılı ve güleç yüzlüydü boyacı çocuk. On üç-on dört yaşlarındaydı. Dalgalı saçları epeyce uzamıştı. Bu yıl ortaokulu takınca ona boyacılık yolu gözükmüştü. Dert etmiyordu.

Karnı doyunca sandığını sırtlayıp otobüs durağına doğru yürüdü. Neşeyle ıslık çala çala duraktakilere yaklaştı. Tek tek soruyordu herkese.

"Boyayalım ağabey, bademyağlı bol cilalı."

Duraktakiler evecenlikle otobüsün gelmesini bekliyorlardı. Herkesin acelesi vardı sanki bu gün. Yalnız genç bir çift gülümseyerek baktı çocuğa. Kadın tüylü mantosuna iyice sarınmıştı. Bir düğüne gitmek için yola çıkmışlardı. "Boyat istersen ayakkabılarını" dedi eşine. Genç adam göz kırptı boyacıya. Çocuk hemen tüyoyu kaptı. Sandığı yere koymasıyla fırçaları çıkarması bir oldu. Adam ayaklarını sandığa doğru uzatırken sordu: "Adın ne senin?"

"Neşeli boyacı ağabey, herkes öyle der. Adım Musa. İyi boyarım ha. Resmini görürsün, aynaya para vermezsin." Yaptığı şirinlik kadının hoşuna gitmişti, gülümsüyordu işte.

Genç adam da güldü "Hatırın mı kalsın, boya bakalım."

Birkaç kez salladı ustaca fırçaları. Tozları almıştı. İnce belli boya şişesinin kapağını açtı. Artık alıştığı, kendine hoş gelen bir kokusu vardı boyanın. Kaşıkla aldığı boyayı özenle süngere yedirerek ayakkabıya sürdü. Islık çalıyordu sessizce. Bademyağı katıp katmayacağını sormak için adama baktı. O, kadınla bir şeyler konuşup gülüşüyordu. Vazgeçti, "boş ver" dedi "zaten pahalı". Ayakkabıyı boyarken ara sıra gözü genç kadının düzgün bacaklarına kayıyordu. Hoşuna gidiyordu kadınlara kızlara bakmak. Büyüdüğünü hissediyordu.

Hızlı ve işinin ehli bir boyacıydı. Ayakkabıları bir güzel de parlatmıştı kadifeyle. Adam memnun kalıp biraz da bahşiş verince iyice keyfi yerine gelmişti.

Güneş gökdelenlerin arasından yükseliyordu. Otobüs durağından kahvelere doğru yürüdü. Erkenden üç çocuk sıralanmıştı büyükçe bir kahvenin önünde. O da yaklaşmak istedi yanaştırmadılar. Kendi kendine söylenerek öbür kahveye doğru yürürken sokak arkadaşı Mustafa'yı gördü. Birçok zaman birlikte işe çıkarlardı.

Kızgınlığı geçmemişti hâlâ.

"Bırakmıyorlar buraya Mıstık ya," dedi arkadaşına. "Erkenden tutmuşlar."

"Mıstık"la aynı yaştaydılar. Mahalleler arası sokak çatışmalarında hiç ayrılmazlardı. Birlikte taşlarlardı "düşman" mahallenin çocuklarını. Kuş avına birlikte giderlerdi. Ya da işten kaytardıkları günlerde sabahtan bir sinemaya birlikte girer, peş peşe oynayan kovboy filmlerini akşama kadar seyrederlerdi. "Siftahını yaptın mı?" diye sordu Mıstık. "Evet, ya sen?" "Ben de." Şeytanın bacağını kırmışlardı. Avuçlarında akşam eve götürecekleri biraz para birikmişti ne de olsa.

Boya sandıklarını sırtlayıp mahalleden çıktılar. Birlikte uzun süre yürüdüler. İkisi de sanki büyü bozulacakmış gibi konuşmuyorlardı. İkisi de macerayı seviyordu. İş yeri seçimini genellikle Mıstık yapardı. Gecekondu mahallesi geride kalmıştı çoktan. Fabrikaların arasından yürüyorlardı. Neşeli daha fazla sabredemedi:

"Nereye gidiyoruz Mıstık? Biliyorsun ben pek fazla yer bilmem. Çok uzaklara gidersek sonra birbirimizi kaybederiz. Bir de kaybolursam? Hem sandık da gitgide ağırlaşıyor."

Çok büyük bir iş adamı havasında, planını anlatmaya başladı Mıstık:

"Bugün hiç gitmediğimiz yerlere gideceğiz Musa."

Neşeli boyacı heyecanlanmıştı. Nutku tutulmuş bir halde arkadaşını dinliyordu.

"Bugün hiç görmediğin zengin muhitine götüreceğim seni. Taksim parkına kadar yürürüz. Ne manitalar var aklın tavana vurur. Yolda ne boyarsak bin bereket. Orda sana turist kızları gösteririm. Şaşarsın. Ne güzel bacakları var. Daha sonra Dolmabahçe'ye, deniz kenarına ineriz. Bir görsen bayılırsın. Cennet gibi yerler." Neşeli boyacı ne iyi ettim de Mıstık'la yola çıktım diye göreceği yerlerin hayaline dalmıştı. Bir yandan iş, bir yandan gezmek, fakat baştan konuşmuştu Mıstık, kurallara uymak şarttı.

"Bak bir sen boyayacaksın bir de ben tamam mı? Birbirimizin müşterisine göz dikmek, aç gözlük yapmak yok ona göre."

Bu her zamanki kurallarıydı. Neşeli onayladı.

Yürüyerek Bomonti fabrikalarından, Şişli'nin anacaddesine çıktılar. Neşeli iyi giyimli insanların, lüks mağazaların yanında kendisini başka bir dünyadan gelmiş gibi hissetti. Gecekondu mahallesi, fabrikalar ve mahalledeki sinema dışında bildiği bir yer yoktu. Çok seyrek de olsa yazlık sinemalar kapanınca Arnavut bahçelerini ve tonozu geçerek gittikleri Kasımpaşa bile köy sayılırdı buranın yanında. Mağaza reyonlarının ışıklı süslemeleri, giysilerin rengârenk ışıltıları, hızla gelip geçen arabaların büyüsü onun başını döndürmüştü. Mağaza vitrinlerinde sırtında boya sandıkları ile kendilerini seyrediyor, durumlarındaki garipliği anlamaya çalışıyordu.

Durak yerlerinde bekleyenlere ve yoldan geçenlere sorarak birkaç çift ayakkabı boyamışlardı.

Şişli'de büyük bir pasaj içinde bulunan Kent sinemasının önü oldukça kalabalıktı. Boyacı çocuklar orda durarak uzun süre hayranlıkla afişlerdeki resimleri seyrettiler. Yeni gösterime giren bir film oynatıldığı için, ilgi oldukça yoğundu. Mustafa burada iş yapılacağına karar vermişti.

"Film başlayana kadar daha epey zaman var, oturup biraz iş yapalım," dedi arkadaşına. "Film başlayınca iş durur biz de yola devam ederiz."

İkisi de sandıklarını pasajın girişine yakın bir yere koyup tenekeden oturaklarına kuruldular. İşler de rast gidiyordu bugün. Musa "annem çok sevinecek, eve giderken tulumba da alırım, bayram eder çocuklar" diye düşünüyordu. Hem boya ücretleri de yüksekti burada. O Mustafa gibi eli açık değildi, topladığı bütün paraları anacığının eline sayıyordu. Bir trafik kazasında kaybettiği babasının ölümünden sonra evin erkeği olmak ona düşmüştü. O da elinden geldiğince hasta annesini muhanete muhtaç etmemeye çalışıyordu.

Fakat bir müşteri yüzünden iki arkadaşın araları açıldı.

Gecekonduda boyadıkları fiyata genç bir çocuk ayakkabısına cila sürmesini istemiş, Mustafa çocuğu terslemişti. Aynı şeyi Musa'ya teklif edince o an akşam annesine bol para götürmekten başka bir şey düşünmeyen neşeli, müşteriyi kaçırmayayım diyerek hemen cila sürmeye başlamıştı. O an iş yoğunluğundan, arkadaşının müşterisini kaptığının farkında bile olmamıştı. Mustafa hırsla yerinden kalkıp bağırdı arkadaşına:

"Bırak onları boyama."

"Boya değil lan," dedi şaşkınlıkla Neşeli, "sade cila atıp parlatıyorum ya."

Arkadaşının niçin kızdığını anlamayan Musa, fırça sallamaya devam ediyordu. Mustafa gelip tepesine dikildi. Hiç yol yordam bilmediği halde kendisine iş sağladığı arkadaşının onun sözünü dinlemeyişine, koyduğu kuralı çiğnemesine oldukça içerlemişti. Kararlı bir şekilde sordu: "Boyuyor musun boyamıyor musun?" "Boya değil ya vallahi cila. Bitti işte. İstersen sana vereyim parasını." Bu para sözü Mıstığı iyice çileden çıkarmıştı. O hem arkadaşının sözünü dinlemiyor, onu bir züppeye satıyor bir de paradan bahsediyordu. "Senin de paranın da..." diye sövmeye başladı Musa'ya. "Döneksiniz oğlum," diyordu. "Üç kuruşa babanızı bile satarsınız."

Mustafa'nın niye bu kadar kızdığını, incir çekirdeğini doldurmayan bir nedenle neden bağırıp çağırdığını anlayamamıştı Musa.

Neredeyse kavga edeceklerdi.

Mustafa hırsla boya sandığını omzuna atmış ve oturağını eline alarak arkasına bakmadan yürümeye başlamıştı. Onun ağlayarak arkasından gelip özür dileyeceğini düşünüyordu. "Kitabımızda yazar mı ulan arkadaşını satmak" diye söyleniyordu ha bire.

Neşeli boyacının eli ayağı tutuldu. Ne yapacağını bilemedi. Gözleri dolmuştu iyice. Boşaldı boşalacaktı, zor tutuyordu kendisini. Çok içerlemişti. Koşup arkasından Mustafa'ya yetişmek, ondan özür dilemek istedi, gururu buna engel oldu. Fakat arkadaşının onu bu ilk kez geldiği yerde yalnız başına bırakması daha da çok ağrına gitmişti. Uzun süre gözlerini bir boşluğa dikerek oturdu. Mıstık çoktan uzaklaşmıştı. Önünden hızla gelip geçen insanları görmedi. Daha sonra geldiği yolları hayalinde canlandırarak eve nasıl dönebileceğini düşündü. Aynı yollardan geri döneceğine aklı kesince biraz rahatladı. "En kötü ihtimal mahalleye giden otobüse binerim" diye düşündü. Arkadaşının gittiği yerdeki boşluktan uzun bir süre gözlerini ayıramadı.

Pasajın iriyarı, elli yaşlarındaki kapıcısı, sinemanın girişindeki sandalyesinde olayları seyrediyordu. İki arkadaşın kavgasını ve Mustafa'nın kızgınlıkla gittiğini o da görmüştü. Han kapıcısı gelip geçen kadınları gözleriyle süzüyor, türlü hayaller kuruyordu.

Neşeli boyacı filmin başlama saatine kadar epeyce iş yapmıştı. Keyfi yeniden yerine gelmişti. Mustafa'nın gidişine üzülmüyordu artık. Duraktan bir otobüse binmek düşüncesiyle rahatlamıştı iyice. Eve eli boş gitmeyecekti, mutluydu.

Film başlayınca sinemanın önü boşalmıştı. Pasajdaki mağazaların çoğu hafta sonu olduğu için kapalıydı. Musa artık dönmesi gerektiğini düşünüyordu. Ama caddeden geçenlerden ayakkabısını boyatanlar çıkabilir, biraz daha beklesem iyi olur diye gitmekle kalmak arasında bocalarken pasajın girişinden kendisine bağıran hancının sesini duydu. Adam eliyle kendisini çağırıyordu. Çocuk hemen sandığını sırtlayarak adamın yanına koştu.

"Yok, yok," dedi şişman adam. "Sandığın orada kalsın. Bir şey olmaz. Sen gel buraya."

Korkuyla, heyecanla yaklaştı çocuk. Adam belki de buranın bekçisiydi, onu azarlayabilir, kendisine kızabilir, oradan kovabilir, belki parasını bile alabilirdi. Kalbi küt küt atıyor, dizleri titriyordu.

Adam korktuğunu anlamıştı çocuğun:

"Heyecan yapma oğlum," dedi babacan bir tavırla. "Korkma. Gel otur bakalım şuraya," diyerek yanındaki oturağı gösterdi. "Otur da biraz iş konuşalım seninle. Çalışkan bir çocuğa benziyorsun sen."

Çocuk ürkerek oturdu adamın gösterdiği tabureye.

Şişman adam aynı babacan tavrını sürdürüyordu.

"Bak yavrum," diyordu. "Ben istesem ikinizi de buraya sokmaz kovalardım. Ben ne yaptım. Kovaladım mı? Bir şey söyledim mi size? Bu dünyada herkes rızkını kazanacak." "Yok," dedi çocuk "Allah razı olsun." Boynunu büktü. "Buyur amca emret."

"Ha, aferin sana, sevdim seni. Bak," dedi "ben bu gördüğün koskoca hanın çavuşuyum. Burada her bir şey benden sorulur. Devamlı gelirsen buradaki ayakkabıları sen boyarsın. Anladın mı? Yukarıda beş-altı çift ayakkabı var. Biraz sonra işini bitirince en üst kata çıkacaksın, tamam mı? Ben birazdan çıkarım. Sen ondan sonra gel. Sandığını buraya bırak. Hiçbir şey olmaz. En üst kat sondaki odadayım ben, biraz dinleneceğim. Ayakkabıları boyar bana getirirsin anlaştık mı, tamam mı?"

Musa'nın eli ayağına dolaştı, ne diyeceğini, nasıl davranacağını şaşırmıştı. "Ne iyi insanları varmış İstanbul'un" diye düşündü, "boşuna kızmışım kahvedeki çocuklara. Mıstık burada olsaydı keşke, boşuna kızdırdım, gidince gönlünü alırım."

Şişman adam boyacı çocuğu orada bırakarak merdivenlere doğru yürümeye başlamıştı bile. Uzaklaşırken dönüp yeniden seslendi:

"Boya sandığını buraya bırak. İşin bitince yukarıya gel, ayakkabıları al, aşağıda boyarsın tamam mı?"

Çocuk bugün işim iyi, rast gidiyor diye düşünüyordu. Neden şimdi değil de biraz sonra? Ne olabilirdi, demek ki adamın işi var diye düşündü.

Boya sandığını eski yerine götürerek beklemeye başladı. Bir yandan da kazandığı paraları hesaplamaya çalışıyordu. Adamın ayakkabılarını da boyayınca epeyce parası olacaktı.

Bugün annesine iyi para verecekti. Annesi astımlıydı. Her şeyi kendisine dert ediyordu. Titizdi. Olur olmaz şeylere kızıyor sonra üzülüyordu. "Bunun ilaç parası bizim ömrümüzü yiyecek" diyordu babaannesi. Anne bu sözlere de çok içerliyor, üzülüyordu.

Adamın ayakkabılarını bir an önce alıp geleyim ondan sonra da mahalleye dönerim diye düşündü. Bugünkü kazancı yeterdi. Mustafa yaptığıyla kalsındı. Yine de arkadaşına kızamıyordu. Mustafa kaç kez onu dayaktan kurtarmış, hiç yalnız bırakmamıştı. Mıstık haklıydı. Ondan özür dileyecekti.

Cadde bomboştu, işyerlerinin çoğu kapalıydı. İş günlerinin kalabalığından eser yoktu. Daha fazla gecikmeden bir an önce mahalleye dönse iyi olacaktı. Yerinden kalktı. Oturağını boya sandığının üzerine koyarak pasaja girdi. Merdivenleri hızla çıkmaya başladı. Han oldukça sakindi. Üst katlardaki bütün mağazalar kapalıydı. Sinemanın üst katında konfeksiyon olduğu anlaşılan bir dükkândan gelen dikiş makinelerinin aralıklarla tıkırdayan sesleri boşlukta yankı yapıyordu. Merdivenler yeni yıkanmıştı. Islaklığın verdiği serinliğin etkisiyle iliklerine kadar üşüdüğünü hissetti. Korkuyu bütün bedeninde hissetti. Ne işi vardı bu hiç tanımadığı yerlerde? "Macera," diye geçirdi içinden. Yine de korkuyordu. "Bok yemek benimkisi, burada adamı kesseler kimin ruhu duyar? Ayakkabı boyatacak adam alır getirir. Buranın âdeti de böyle mi acaba?"

Daha sonra şehrin göbeğinde olduğunu düşündü. Dağ başı mıydı burası? Kendisini biraz cesaretlendirdi. Beş çift de az değil hani. Belki de her hafta sonu otobüsle gider gelirim. Alıştıktan sonra ne olacak. Korkacak ne var, yüreğini ferah tut sen.

Karmakarışık duygular içinde üst kata çıktı. Onun ayak

seslerinden geldiğini anlayan adam uzaktan bir yerden ses-
lendi:

"Boyacı buradayım, burada, buraya gel."

Çocuk hızlı adımlarla sesin geldiği yöne doğru yürüdü.
Bir ara gözü aşağıya takıldı. Camdan baktı. Arabalar, in-
sanlar ne kadar da küçük görünüyordu. Musa, başının dö-
nüp düşeceğinden korktu. Koridorlardaki ıslaklık kurusun
diye açık bırakılmıştı pencereler. Dışarıda günlük güneşlik
bir hava vardı. Hayatında hiç böyle yüksek bir yere çıkma-
mıştı.

Hanın sorumlusu olan şişman adam, katın tuvaletinden
sesleniyordu ona. Burası dört lavabosu ve üç helâsıyla ol-
dukça büyük bir yerdi. Adamın kaldığı oda tuvaletin bitişi-
ğinde idi. Çocuk beklediğinden de erken gelmişti. Adam la-
vabodaki geniş ve büyük aynanın önünde tıraş oluyordu.
Traşı bitirince odasına geçip dinlenecek, çocuğu da orada
karşılayacaktı.

Boyacı çocuk kapının önünde şaşkın bir halde adamın
tuvaletten çıkmasını bekliyordu. "Ayakkabıları alıp da bir
an önce buradan gitseydim."

Adam aynaya bakarak tıraşını sürdürdü. Bir yandan da
konuşuyordu:

"Zor senin işin yavrum, elin yüzün iyice kirlenmiş. Gel
bak su da var sabun da. Bir iyice yıkan bakalım. Burası sos-
yetik yer. Temiz olman gerek. Ayakkabılar yan odada. Şim-
di veririm onları. Annen kızmaz mı seni böyle pis görünce.
Gel yıkan temizlik imandan gelir."

Çocuk adamın kendisiyle bu denli ilgilenmesini onun
çok iyi bir insan olmasına yordu. Başka türlü düşünmesi
için ortada bir neden yoktu. Babasızlığın acısını nicedir
unutmuştu. Belki adamın da çocukları vardı, ona acımıştı
anlaşılan. Ürkek adımlarla içeri girdi. Tabanlarını kaldırıp

aynaya baktı. Ellerinin boyası yüzüne de bulaşmıştı. Ayna-daki şaşkın haline bakarak gülümsedi. Adam bir yandan tı-raş olurken bir yandan da boyacı çocuğu inceliyordu. Dal-galı saçları, tombul yanakları ve iri bedeniyle gürbüz, ol-dukça sağlıklı görünüyordu. Çocuk ellerini iyice sabunladı. Parmaklarındaki boya çıkmamıştı ama eli temiz olmuşu. Daha sonra yüzünü sabunla yıkadı. Şişman adam tıraşını bitirmişti. Kapıya astığı havluyla yüzünü kuruladıktan son-ra çocuğun yanına geldi. Çocuk eğilmiş, suyu çarpa çarpa yüzünü yıkıyordu hâlâ. Adam şişman gövdesini yavaşça ve çocuğu ürkütmemeye çalışarak ona yaklaştırmıştı. Adamın önü kabarmıştı. Boyacı çocuk o anda sabunlu yüzündeki boyaları çıkarmakla uğraşıyordu. Adamın kendisine yak-laştığını hissedince oldukça korktu. Şişman adam boyacı çocuğu belinden yavaşça kavramıştı. Çocuk sudan gözleri-ni açınca onun daha fazla ürkmemesi için hemen elindeki havluyu uzattı. Daha sonra kendisine hâkim olması gerek-tiğini düşünerek çocuğun belini bırakarak geriye çekildi.

Boyacı çocuk şaşkınlık içindeydi. Adamın pek de öyle göründüğü kadar iyi birisi olmadığını anlamaya başlamıştı. Fakat ne yapacağını kestiremiyordu. Adamın hiç de iyi ni-yetli olmadığı aşikârdı. Çıkmaz bir sokağa girdiğini acıyla fark ettiğinde çok geç kaldığını anladı. Durumu pek de iç açıcı görünmüyordu. Musa'nın her zamanki neşesinden eser kalmamıştı, şimdi ne olacağını bilememenin korkusu içinde ürkerek adama bakıyordu.

"Hemen yanlış anlama ha!" diye yavaşça yanına sokul-du şişman adam. Elini uzatıp onun tombul, kırmızı yanak-larını sıktı:

"Ne kadar güzel bir çocuksun sen. İnan çok sevdim se-ni. Çok tatlı bir çocuksun. Yanakların da ateş gibi, Ne ka-dar güzel, hasta filan mısın?"

Çocuğun gözleri yalvarıyordu. Kuş olup kanatlanmak istiyordu. Yüreği daralıyordu. Sıkıntıdan alnı boncuk boncuk terlemeye başlamıştı, yüzü ateş gibi yanıyordu. Nasıl davranması gerektiğini bilemiyordu. Kalbi hızla çarpıyor, kanatlanıp uçmak istiyordu.

Adam dev gibi cüssesiyle önünü kapatmış, dışarı çıkmasına, kımıldanmasına izin vermiyordu.

"Korkma," diyordu adam. Çocuk bu hiç tanımadığı yerde düştüğü tuzak karşısında iyice paniklemişti, müthiş bir korku içindeydi. "Seni çok sevdim," diyordu adam. Boyacı çocuğun elini tutmuştu. Çocuk hırsla çekti elini. Adam ses çıkarmadı. Boyacı çocuk lavaboya yaslanmıştı. Adam elini yavaşça çocuğun önüne götürdü. Çocuk iyice büzülmüş, küçülmüştü.

Boyacı çocuk adamın hareketlerinden çok rahatsız olmuştu. Dayandığı lavabodan geriye gidemiyordu. Çaresizlik içindeydi. Bedenini adamın elinden kurtarıp geriye doğru çekti. Boyacı çocuk, kekeleyerek:

"A, a, ayak...ayakka..bılar." diyebildi bir an, son bir kurtuluş umuduyla.

"Boş ver ayakkabıları sen beni boya yavru kuşum."

Kapıcı bütün kuvvetiyle çocuğa sarıldı.

Çocuğun tombul vücudu kasıldı. Bedeninde gezinen yabancı ele karşı bütün gücünü kullanarak tuvaletlere doğru yöneldi. Şişman adam acele etmek niyetinde değildi. Bu güzel, al yanaklı, tombul boyacı çocuğu elinden kaçırmak istemiyordu. Onun için elinden geldiğince ona yumuşak davranmaya çalışıyordu. Nasıl olsa çocuk avucuna düşmüştü. Kurtulma şansı yoktu. Neşeli boyacının neşesinden eser kalmamıştı. Bütün vücudu korku ve gerilim içindeydi. Adam eline geçirdiği avıyla oynamak istiyordu. Onu rahatlatmalıydı. Aslında acele davranmıştı. Amacı boyacı çocu-

ğu kendi odasına yatağına götürmekti. Acele davranarak
çocuğu büsbütün ürkütmek istemiyordu. Ayrıca o "işini"
gönül rızası ile çocuğu ürkütmeden görmek istiyordu. Tu-
valeti uzun süre kapalı tutamazdı. Alt katta konfeksiyonda
çalışanlardan gelenler olabilirdi. Görenler olabilirdi. Onun
için çocuktan iyice uzaklaşıp kapıya yaklaştı. Sesine alabil-
diğine sıcak bir ton vermeye çalışarak:

"Niye titriyorsun yavrucuğum, çişin mi geldi yoksa?"
dedi. "Gir tuvalete rahatça yap, gir yap. Ben de yan odadan
ayakkabıları çıkartayım. Benden korkma. Tamam, istemi-
yorsan olanları unut gitsin tamam mı?"

Boyacı çocuk bilinçsizce tuvalete girip kapıyı kilitledi.
Sırtını kapıya yasladığında bütün vücudu ter içindeydi. Çok
korkmuştu ve hâlâ korkuyordu. Korkudan neredeyse üstü-
ne yapacaktı. Önünü açıp işemeye başladı. Çaresizlik için-
de kıvranıyordu. Adam sözünde durup onu bırakır mıydı?
Bacakları tir tir titriyordu. Ne yapacağını, dışarıda kendisi-
ni neyin beklediğini kestiremiyordu. Aradan ne kadar za-
man geçtiğini bilemiyordu. Tek bildiği o iğrenç adamın dı-
şarıda beklediği ve ondan çok korktuğu idi. Adam burada
kendisini öldürse hiç kimsenin haberi olmazdı. Mıstık'la
birlikte gitmediği için derin bir pişmanlık duydu. Mıstık ol-
saydı başıma böyle bir olay gelemezdi, "ah arkadaşım ne-
redesin? Ne bok yedim de kızdırdım seni?" Bir an kendisi-
nin korkunç bir yalnızlık içinde olduğunu düşündü. Mıstık
olsaydı böyle mi olurdu ya? Mıstık hemen koşar gelirdi
yardımına. Adam resmen sapıktı. Otobüslerde böylelerinin
işe giden kadınlara, kızlara sarkıntılık ettiğini işitmişti. Bu
adam daha da kötüydü. Çocuk dışarıdan adamın sesini
duydu:

"Kakan falan varsa yap ha!"

Boyacı çocuk artık adamın niyetini iyice anlamıştı. Bu

adam kötü birisiydi fakat kendisini koruyacak hiçbir şeyi yoktu çocuğun. Ah bir sustalısı olsaydı ne olurdu. Filmlerdeki gibi kötü adama karşı savunurdu kendisini. Bir an tuvaletten çıkmamayı düşündü. Çözüm olamazdı. Anahtar deliğinden dışarı baktığında adamın ona güven vermek için giriş kapısını açık bıraktığını gördü. Adam "gel ayakkabıları al" diye odasına çağırıyordu. Aklına ayakkabıları alma bahanesiyle açık olan tuvalet girişinden dışarı çıkmayı ve oradan kaçmayı koyduktan sonra kilitlediği kapıyı açtı.

Gördüğü manzara karşısında şaşkınlıktan donakaldı. Tuvaletten çıkmak için de çok geçti artık. Adam koca gövdesiyle tuvaletin kapısını yeniden tutmuştu işte.

Şişman han sorumlusu boyacı çocuğun gönül rızası ile bu işe evet demeyeceğini anlamıştı. Çocuğu parayla da kandırması çok zor gözüküyordu. Fakat bu şansını deneyecekti. Ayrıca çocuk adamın anladığı kadarıyla kesinlikle odaya girmezdi. Belki çocuğa sürtünmese ya da çocuğu ürkütmeseydi odaya alıp kapıyı kilitleyebilirdi. Artık geriye dönüşü yoktu, o da bu işi tuvalette bitirecekti. İyilikle ya da zorla. Çocuğu sesini çıkarmadan boyun eğmeye çalışmalıydı. Boyacı çocuk karakola gidip şikâyetçi olursa başına iş alabilirdi. O zaman da "ibne bu çocuk, kendisi istedi" diyecek, gerekirse rüşvet verecekti. Nasıl olsa polislerin birçoğuyla ahbaplığı vardı. Yine de adam temkinli davranmaya çalışıyordu. Çocuk tuvalet kapısını açarken o da açık olan giriş kapısını arkadan anahtarla kilitlemiş, pantolonunu aşağı indirmişti.

Boyacı çocuk adamı bu halde görünce ne yapacağını bilemedi. Mahalle kavgalarından deneyimliydi, bu iğrenç adama karşı namusunu koruyacak, direnecekti. Teslim olmamaya kararlıydı. Elinde cüzdan vardı bu kez adamın. İçinden iki tane beş bin liralık çıkartarak çocuğa uzattı.

"Al yavrum şunu, çekinme, çekinme al. On tane ayakkabı parası eder. Al haydi şu parayı. Bak haydi, şu beşliği de vereyim, hadi yavrucuğum inat etme."

Uzatılan parayı almadı çocuk. Adama tiksintiyle baktı. Tek düşüncesi vardı. Kaçmak. Adamın kendisine kurduğu tuzağa yakalanmış, oyuna geldiğini anlamıştı. Kapana kısılmıştı iyice.

Şişman adam sönük durumda olan penisini elinde tutarak çocuğa yaklaştı.

"Korkma," dedi. "Sana bir şey yapmayacağım. Seninki aslan gibidir. Çıkar. Hadi korkma. Ben döneyim sen bana badana yaparsın. Tamam mı? Önce sen yap. Bak çok hoşuna gidecek. Sana daha çok para veririm. Tamam mı? Al şu parayı da."

Cüzdanı açıp bir on binlik daha çıkardı.

"Al bunları hepsi senin olsun. Her pazar gelirsin sana ses çıkarmam. Sana çok ayakkabı bulurum. Çok para kazanırsın. Haydi, beni üzme."

"Hayır," diye bağırdı çocuk. Sesi korkudan çok homurdanmayı andırıyordu. Boyacı çocuk köşeye sıkışmış ve tırmalayıp saldırmaktan başka bir çaresi kalmayan vahşi bir kedi gibi hırçınlaşmış, kaşlarını çatmıştı. Gözleri ateş gibi olmuştu. Adamın istediklerini kararlı bir şekilde reddetti. Yumruklarını sıkmıştı.

"Çekil önümden amca yoksa burayı ayağa kaldırırım. Hem benim amcam polis, ona şikayet edersem..."

Şişman kapıcı, çetin çıkan bu çocukla boğuşmayı birden göze alamadı. O da çocuğun polise şikâyet etmesinden korkuyordu. Ya amcası gerçekten polisse? O zaman rüşvet de işe yaramazdı. Allah korusun işimden bile olurum diye düşündü. Bu korkusunu çocuğa belli etmemeye çalışarak yine alttan almaya karar verdi.

"Bak eğer buradan sağ çıkmak istiyorsan bana söz vereceksin. Yoksa seni şuracıkta boğar öldürürüm, cesedini çöpe atar köpeklere yediririm, yedi göbek sülalen gelse bulamaz." Ölüm sözcüğü çocuğun bütün direnme gücünü bir anda kırmaya yetmişti. "Ben ölürsem hasta anneme, kardeşlerime kim bakar?" Sıkılı elleri iki yana düştü. Dizleri üstünde çömeldi. Dizleri ıslanmıştı. Ayağa kalkma gücünü bir an kendisinde bulamadı.

"Etme kurbanın olayım ağam," diye yalvarmaya başladı adama. "Tamam, ne istiyorsan yaparım. Söz veririm. Yeter ki beni buradan bırak gideyim."

"Bak buraya geldiğini, bu olanları kimseye söylemeyeceksin tamam mı? Buna söz veriyor musun? Yoksa yaşatmam seni."

"Kurbanın olayım. Söz veriyorum. Hem de yemin ediyorum. Allah kuran çarpsın kimselere söylemem ağam. Sen git o şeylerini başkalarıyla yap. Benden böyle şeyler isteme." Boyacı çocuğun bu zavallı hali karşısında adamın içini bir sevinç dalgası kapladı. Yalvaran çocuğun elini tutarak ayağa kaldırdı.

"Ha aferin, şöyle yola gel bakayım. Dik dur bakayım. Aslan gibi delikanlısın sen. Çok güzelsin çok. Vücudun körpecik senin, Hiç dokunulmamış."

Adam yeniden elini çocuğun vücudunda gezdirmeye başlamıştı. Elini çocuğun önünde gezdirince bilinç dışı penisinin kabardığın fark etti. "Bak," dedi çocuğa. "Seninki ne kadar azgın. İnat etme bak para da veriyorum. Nazlanma. Önce sen yap istersen."

Çocuğun gözü kapalıydı. Dişlerini adamakıllı sıkmış, korkusunu yenmeye çalışıyordu.

Adam çocuğa yapışmış bırakmıyordu. Boyacı çocuğun pantolonunu aşağıya indirmeye çalışıyordu. Çocuk direniyordu.

"Haydi yavrum, inat etme. Aç şu pantolonunu. Gördün küçücük. Haydi, sadece badana." Bu kez çocuğun önüne doğru eğilerek geniş kalçalarını bastırdı. Boyacı çocuk şaşkınlık içerisindeydi. Babası yaşındaki bu adam killi geniş kalçaları ile önüne eğilmiş kendisine yalvarıyordu.

"Haydi aslanım bak böyle!"

Şişman adam yer yer kilları beyazlamış geniş kalçalarını boyacı çocuğun önüne sürtmeye çalışırken çocuk bütün gücüyle onu itekledi. Adam boş bulunmuştu. Birden koca gövdesiyle çıplak mermer zemine boylu boyunca uzanıverdi. Boyacı çocuk ani bir hareketle kilidin üzerindeki anahtarı çevirip kapıyı açtı. Tam kapıyı açıp kaçacakken, koridorda adam bacağından yakaladı. Gözü kararmıştı. Çıplak bedenini, inik pantolonunu eliyle çekerek boyacı çocuğun üzerine abandı. Çocuk üzerindeki ağırlık karşısında bir an soluksuz kaldı. Şişman adam soluk soluğa onun kalçalarına sürtünmeye çalışıyor, bir yandan da çocuğun pantolonunu çıkarmaya uğraşıyordu.

Boyacı çocuk içindeki bütün korkuları atmak ister gibi olanca gücüyle bağırdı:

"Bıraksana beni orospu çocuğu!"

İki eliyle şişman adamın suratını tırmıklamış, kanatmıştı, adam canının acısıyla inledi.

Çocuğun sesi boş koridordan çınlayarak alt katlara kadar bütün handa yankılandı.

Şişman adam çocuğun sesinden ve alt katlarda mesaiye kalanların duymasından korktu. Bir anda serbest kalan çocuk ıslak mermerin üstünde sıçrayarak ayağa kalktı.

Zembereğinden boşanmış gibi merdivenlere doğru koştu. Koridorun içinde kısa bir kovalamaca yaşandı. Şişman adam soluk soluğa boyacı çocuğu yakalamaya çalışıyordu. Yakalayıp onu odasına götürmeyi kafasına koymuştu iyice.

Madem iyilikten anlamıyordu zorla yapacaktı bu işi.

Son bir hamleyle atılıp çocuğu saçlarından yakaladı. Beline yediği şiddetli bir yumruk darbesiyle Musa sendeledi, yüzükoyun ıslak mermerin üzerine düştü. Adam üzerine atlamak üzereyken can havliyle doğrulmaya çalıştı. O an yanı başında olduğunu fark ettiği açık pencereye doğru koştu. Bir an bacağına yapışıp onu odaya sürüklemek isteyen adamın elinden sıyrıldı.

Dışarıda hava günlük güneşlikti.

Adamın şaşkın "dur ne yapıyorsun!" diyen sözleri zihninde çakılıp kaldı Musa'nın.

Avcının elinden kurtulan, kanatları yolunmuş bir kuş gibi kollarını açarak boşluğa bıraktı kendini.

Zincirlikuyu mezarlığından Mecidiyeköye, Şişli camisinden Osmanbeye doğru esen bir rüzgâr Halaskargazi caddesini boydan boya serinletti. Rüzgâr boyacı çocuğun yüzünü yalayıp geçerken o, kurtulmuş olmanın verdiği rahatlıkla, içinde bir kuş kanadının hafifliğine benzer bir sevinç duydu.

Güneş asfaltı ısıtmıştı iyice.

Çocuk bu sıcaklığı bütün bedeninde hissetti.

Aralık 1978, Kartal-Mayıs 2007, Çerkezköy